重建我们的精神立场

何言宏 著

中国书籍出版社

图书在版编目（CIP）数据

重建我们的精神立场 / 何言宏著. — 北京：中国书籍出版社，2020.12

ISBN 978-7-5068-8235-4

Ⅰ.①重… Ⅱ.①何… Ⅲ.①中国文学—当代文学—文学研究 Ⅳ.① I206.7

中国版本图书馆 CIP 数据核字 (2020) 第 254354 号

重建我们的精神立场

何言宏　著

图书策划	成晓春　崔付建
责任编辑	成晓春
责任印制	孙马飞　马　芝
出版发行	中国书籍出版社
地　　址	北京市丰台区三路居路 97 号（邮编：100073）
电　　话	（010）52257143（总编室）（010）52257140（发行部）
电子邮箱	eo@chinabp.com.cn
经　　销	全国新华书店
印　　刷	阳谷毕升印务有限公司
开　　本	650 毫米 × 940 毫米　1/16
字　　数	205 千字
印　　张	11.5
版　　次	2021 年 2 月第 1 版　2021 年 2 月第 1 次印刷
书　　号	ISBN 978-7-5068-8235-4
定　　价	42.00 元

版权所有　翻印必究

目 录

重建我们的精神立场

——简单的写作或魏微小说的问题与可能 / 001

讲述中国的方法

——贾平凹长篇小说《老生》读札 / 024

复杂时代的精神选择

——刘醒龙长篇小说《蟠虺》论 / 036

寻找水晶的故事

——周李立短篇小说《东海,东海》读札 / 045

个体困境的探究与揭示

——鲁敏论 / 051

《二十一世纪中国文学大系(2001—2010)》前言 / 066

回溯与展开

——2015 年的中国诗歌 / 070

为了一种伟大的完整

——吉狄马加《我,雪豹……》读札 / 084

关于路也的诗歌创作 / 090

酷恋,或出没于伟大的江南

——龚璇诗集《江南》序 / 096

"突然一道穿透的光……"

——王学芯诗集《间歇》读札 / 102

建构个体性的"地方诗学" / 107

革命并未远去

——在"辛亥百年与四川小说创作研讨会"上的发言 / 115

个体文学史的建构 / 118

代群意识的辩证 / 127

积极营造健康的文学生态 / 130

民族精神的诗性表达 / 133

《介入的写作》后记

——(《介入的写作》,上海三联书店 2007 年版) / 136

《精神的证词》后记

——(《精神的证词》，吉林出版集团2009年版) / 138

既是自传，也是文学史

——关于张炜、朱又可《行走的迷宫》 / 141

我们这个时代的文学重器（节选） / 143

"让我独自一人面对这苍穹……" / 160

玉女山庄

——旅途札记之一 / 173

重建我们的精神立场
——简单的写作或魏微小说的问题与可能

过早到来的创作瓶颈

对于十多年来的中国文学略有记忆的人都不会忘记，二十世纪九十年代后期，以当时的《小说界》《作家》《芙蓉》和《青年文学》等杂志为主要代表的一些刊物曾经隆重推出一个叫作"'70后'作家"的文学群体。一时之间，应者云集，众多作家被聚集在"70后"的旗号之下，很多批评家也都对此热情关注，加之以其中"美女作家"这样的"主打品牌"，特别是卫慧、棉棉等人文学性或非文学性的种种实践对于文坛与社会造成的冲击，使得"'70后'作家"成了当时的中国文坛乃至于中国社会的一个众说纷纭的热点。时至今日，作为一个文学群体，这一批作家实际上早已溃不成军，难以成阵。幸好还有像魏微、戴来、朱文颖和金仁顺等不多的几位作家的坚持与努力，再加上同样也是二十世纪七十年代出生的像鲁敏、徐则臣、乔叶、黄咏梅和葛亮等一批后起作家的相继"加盟"，使得这一个年龄段的年轻作家仍然是中国文学界的不容忽视的存在。在"右派作家""知青作家"和"晚生代作家"等不同代群的中国作家相继达到了自己的文学高峰或者是走向成熟后，我们便很自然地会将目光投注到这一批作家身上。因为在某种意义上，正是他们，承载着我们文学的希望。

毋庸讳言，当年的"'70后'作家"曾经在总体上辜负过我们的希望，十多年的时间，以他们的才华，以他们在当年的煊赫声势与广泛影响，他们所取得的文学成就并没有达到预期的高度。而在另一方面，无论是对一个代群，还是对其中的每一个个体来说，他们都已走到了关口。这是一个重要的关口。他们的年龄，正处于30到40岁之间，这无疑是人生的黄金年龄，而很快地，他们便会相继进入40到50岁的人生阶段，这应该是人生的收获或高峰季节，而他们的创作，以我个人的普遍感觉，却又过早地处于停滞不前的"瓶颈阶段"，很难有突破。情况似乎是，有某种东西制约了他们，使他们在本来应该频有突破的文学时期却反在令人遗憾地原地徘徊。这真是让人焦急万分！突破瓶颈，寻求新路，成了这一批作家所正面临的关键问题，成了他们的当务之急。

实际上，"突破瓶颈，寻求新路"，也正是我要讨论的作家魏微的精神焦虑之所在，是她所面临的最为关键和最基本的问题。魏微是"'70后'作家"的重要代表，也是其中基本上为大家所公认的佼佼者。我在这里，很希望能通过对魏微小说基本问题的讨论，来揭示"'70后'作家"以至于当下中国的文学创作所存在的共同问题，为我们的文学寻找新的可能。

最近几年，魏微屡次表示过她遭遇瓶颈、寻求新路的焦虑。她曾非常坦诚地表示过自己正处于"瓶颈期"的痛苦，承认自己

"现在正在这个坎上,很难受。我一年只能写一个短篇,像蜗牛一样爬,苟延残喘。一点办法都没有"①。当然,在实际上,她并不会真的认为自己"一点办法都没有"。对于突破的具体"办法",她就曾提出过这样的思考:"在当代文坛,把卡夫卡的变形、拉美魔幻作用于中国现实,被认为是先进的小说形式,然而我以为,这是一种偷懒的方式,我们必须找到新的途径,用最恰当、最中国化的方式介入我们的现实,我以为写作的难处就在这里"。② 她认为,"我们应该往回走,去写一种简单的文字,若不能把文学玩出新花样来,那就老老实实地去写生活,写我们内心的东西……文学已经无路可走了,在这种情况下,'往回走'可能是唯一的生路。每一代作家都将面临创新。'现代派'已经不新了,所以我们现在要做的,可能还是要回到原点——回到我们的传统和生活里,再设法找出一条新路来。"③ 在魏微看来,文学写作的新的生路(即她频频提到的"新的途径""唯一的生路"和"新路"等)已经不在于像他们的前辈作家那样不断地通过对诸如"现代派"和"拉美魔幻"之类域外思潮的引进而花样翻新,而是要"往回走",重新"回到原点","回到我们的传统与生活里","老老实实地去写生活,写我们内心的东西","用最恰当、最中国化的方式介入我们的现实"。

情况确实如魏微所言,新时期以来的中国文学在以很短的时间引进和操练了西方文学近百年来的文学实验后,很快在形式探

---

① 魏天真、魏微:《照生活的原貌写不同的文字:魏微访谈录》,《小说评论》2007年第6期。
② 魏微:《手记2003—2007》,《作家》2008年第7期。
③ 魏微:《手记2003—2007》,《作家》2008年第7期。

索的层面上几乎穷尽了小说的种种可能。我也一直以为,在马原和孙甘露等人的实验小说后,中国作家的形式激情已经基本上耗尽。在他们所树立的"形式标高"面前,后来的作家只能是叹为观止地仰望与后撤,回过头来老老实实地写作。魏微敏锐地感受到他们这代作家所面临着的不无严峻的"文学史压力",也很清醒地意识到了他们生路之所在。但我以为,魏微的主张和她的文学实践或许还有一些矫枉过正甚至是较为片面的地方。一方面,她的主张似乎存在着过于突出的"排外"倾向,她似乎忽略了无论中西的种种文学,实际上都可能而且也应该是我们的文学资源。新时期以来的几代作家固然引进了形形色色的域外文学,也很相应地各自取得了相当突出的文学成就,但是在根本上,这些被他们所引进的创作方法所能达致的文学可能却远未穷尽,目前的写作不应该是对这些资源刻意回避,一味地"回到"或"耽溺"于之前的传统,而是应当在吸纳包括它们在内的种种文学资源的基础上"综合创新",达致大成。另一方面,"老老实实地去写生活,写我们内心的东西"和"用最恰当、最中国化的方式介入我们的现实",自然是我们文学的正途,也是突破瓶颈之希望所在,但是在实际上,这也无疑是我们最大的困难。这是因为,问题并不会很简单地到此为止。一旦我们具有了"写生活""写内心"和"写现实"甚至是"介入我们的现实"——的认识与冲动,紧接着的问题其实就是,我们为何去写?如何去写?我们用什么样的方法与精神立场去写?我以为只有充分地考虑和解决好这些问题,所谓的文学突破和对新路的寻求才会切实与可靠。而在其中,我以为最为关键的,还是我们精神立场的确立。在我们的文学已经在总体上解决了方法与技术的问题后,我们所面临的最大挑战，便是我们应该以怎样的精神立场去书写我们的生活、我们的时代与我们的人？魏微也曾说过，她的创作"就是要老老实实地去写生活，写时代，写人……"①，这样一来，我们正可以循着这样的思路，来很认真地考察一下她的小说在这些方面到底还存在着哪些问题。循乎于此，我们兴许能够帮助魏微非常切实地寻找到突破瓶颈的新的可能。

"时代"的简单回望

魏微的写作往往有着相当自觉的"时代意识"。在她的早期小说《一个年龄的性意识》中，她便曾这样说过："我喜欢把一切东西与时代挂钩，找个体后面那博大精深的背景和底子。个人是渺小单薄的，时代是气壮山河的，我们得有点依靠。"而在一篇创作谈中，她也曾这样来谈论自己的创作："我们的生活中，每天都有传奇发生，那些惊天动地的大事，或有一些小的欢乐和伤悲，都可以视为我们时代的注脚。我喜欢'时代'这个词，也喜欢自己身处其中，就像一个观众，或是一个跑龙套演员，单是一旁看着，也自惊心动魄。"② 她的很多小说都会在不同的时代背景上书写人物的精神、命运与生存，从而具有一定的"时代感"。在魏微的小说中，"时代"是一个频繁出现并且也非常重要的"关键词"。但是在另一方面，这些作品中的"时代"，无论是"文革"之类的既往历史，还是改革以来的社会现实，往往都只

---

① 魏天真、魏微：《照生活的原貌写不同的文字：魏微访谈录》，《小说评论》2007年第6期。

② 魏微：《"我们的生活是一场骇人的现实"》，《小说评论》2007年第6期。

是作家所虚设与悬置的背景，是一种氛围、一种表象和一种场景。在此背景下的种种人事，无论是"那些惊天动地的大事"，还是"一些小的欢乐和伤悲"，都不过是些时代的"注脚"，是被作家与时代强行"挂钩"的东西。"时代"与其背景下的日常生活、种种"东西"和种种人事，往往处于相当游离的状态。即使是像长篇小说《拐弯的夏天》中的"阿姐"这样的人物，虽然她在"文化大革命"中由一位单纯和优越的干部子女中间经过非常剧烈的家庭变故，堕落为一个江湖骗子，但是作家在追究"是什么造就了现在的阿姐"这个事关人物的精神与命运的关键问题时，仍很刻意地剔除了"时代的变迁"这一相当重要的因素。一方面，作家并不愿意从时代的角度来探究人们的精神、命运与生存；另一方面，她似乎也无意于通过对人们的精神、命运与生存的深刻书写进一步触及与深入到时代的内部，时代的本质与真相往往被其表面性的叙事所忽略与遮蔽。这些特点，在魏微的长篇小说《一个人的微湖闸》中表现得最为明显。

在《一个人的微湖闸》中，魏微以童年的视角和悠远、平静而又温厚感伤的语调记述了"文革"后期一个叫作微湖闸的水利大院的生活，但是其中的种种人事大多又只是漂浮在"时代"的表面，氤氲或散发着怀旧般的"时代"气息。作家所采取的精神姿态，只是一种非常简单的回望。这种简单回望的精神姿态不仅无法反映出时代的真实，更是不能对时代做出应有的批判性思考。

在这部作品的"楔子"中，魏微曾经指出，她的小说"想记述的是那些沉淀在时间深处的日常生活"，是"那些平行的、互不相干的人物，事件，场景，一些声音，某种气味，天气如何……"。对于这样的记述,作家又指出她是以"忠实"和"真实"作为追求的。但是在实际上,这样的追求并未能够很好地实现。小说中的记述,无疑违背或忽略了最为基本的历史真实。在小说的第一章,作家是这样来概括微湖闸人的日常生活的:

> 那时候,我们傍河而居,我们的水利大院庞大而繁杂,那里头有医院,食堂,幼儿园,有农场,也有灯塔,还有灯塔的看守人。总之,那里头的世界是完整的,人民安居乐业,闲适而满足,极好地象征了那个时代。

在这段文字中,我们姑且不论其所记述的微湖闸人的日常生活是否真实,也不追问这样的记述与小说在后来所展开的故事是否构成了冲突与矛盾,实际上,即使是在"文化大革命"时期,在微湖闸这样特殊的单位中,也可能会确实存在着如上所述的其乐融融的幸福生活。但是在另一方面,问题的关键在于,作品用"极好地象征了那个时代"这样的判断简单化地定性了那个时代,赋予了那个时代以"人民安居乐业"和"闲适而满足"的幸福假象。对于"文革"时代的民众生活稍有了解和稍加思考的人便会知道,这样的判断显然是难以成立的。这里的"挂钩"显然属于过分的虚浮、生硬与不着边际。但这样的判断,却又突出地显示了魏微对那个时代的严重隔膜,显示出作家的"时代意识"相当表面。在她的精神意识中,她对那个时代的真相与本质根本没有基本的敏感和深究的自觉,更毋庸说她在这样的基础上所应做出的进一步思考与批判了。仿佛是在不经意间,作家泄露了她在时代意识和精神立场方面的重要问题。而这样的问题,在小说的具体内容中表现得更加明显。

在小说的第二章中，作家只是相当细致地记叙了爷爷、奶奶和微湖闸的人们诸如读报和做家务等一些日常生活的细节与场景，营造出"老照片"一般的历史氛围与审美效果。在这样的写作中，实际上在当时相当深刻地影响了广大民众的精神与生存的"文革"被很刻意地撤退和"虚设"为背景，这一背景下的微湖闸，被写成了近乎封闭和静止的"世外桃源"：

> 革命时代的种种风潮，并没有太大地影响到这个地处偏僻的水边大院。这里既不发生武斗，也不常发生政权更迭的现象。
>
> 在某一种时候，我甚至觉得，他们与那个时代隔着很遥远的距离。我是说，他们生活在那个时代里，他们的衣着，日常器具，房屋的构造都是那个年代的——他们仅仅生活在那个年代的物质里，相对贫乏的，困窘的，饱食终日的。思想呢，我猜他们是从不思想的。
>
> 总而言之，在那个年代里，他（指"我爷爷"——笔者注）和他的职工们都活得较为有尊严，他们善良，平凡，清白。他们几乎躲过了所有的劫难。有一种时候，也许连他自己也不能够相信，他与那个乱世截然地分开了。他是他，乱世是乱世，它们彼此是不相干的。
>
> 外面的世界是如此的辽阔，那里面有很多空泛的东西，革命和理想，还有主义。……
>
> 可是这一切，跟微湖闸的人们有什么关系呢？
>
> 他们蛰居在一块四方的天底下，那么安稳、踏实、

沉着。

这样的描述，显然有违基本的真实，无疑也是作家刻意为之的结果。因为即使从文本自身的内容来看，微湖闸的世界也是与当时的"革命时代"密切相关的。微湖闸人的精神、命运与生存，根本难逃历史的播弄。比如其中的主要人物爷爷。一方面，作者说他"最盛世的时候，曾做过地委的组织部长，后来呢，不知为什么，被发配到了微湖闸"；另一方面，作者又说"在政治生活方面呢，我爷爷一生也算风平浪静。各种政治风潮从他身边经过了，都拐了个弯，丝毫没有伤害于他。在'文革'中，他安然地坐在他的位子上，每天读报，开会，学'毛选'……我爷爷也被'下放'过，在外地的一个小闸口，当看门人。半年后又官复原职，重新回到了微湖闸"。在那样的时代中，一个出身贫民，参加过游击队和八路军，曾经官至地委组织部长的共产党的中高级干部被"发配"到微湖闸，甚至进一步"下放"为一个小闸口的看门人，这样的不断受挫，怎么能说他在政治生活上是"风平浪静"，并且是"丝毫没有伤害"？又哪里有作家所说的"尊严"可言？实际上，作家根本没有也并不愿意揭示和书写那样一个时代中包括"爷爷"在内的微湖闸人的精神真实与生存真相，而是刻意省略和放弃追究了很多相当重要的问题，将笔墨仅止于或浮浅地掠过日常生活的表面，令人遗憾地局限了作品的真实性与深刻性。

按照魏微本人的说法，造成上述局限的根本原因，是她对那个时代的一片"茫然"。她在《一个人的微湖闸》中曾经非常坦率地承认："一旦我的思绪触及到所谓的时代背景，我就会变得很茫然。"她对那个时代所"看到"和"记起"的，只是一些"跟时代没有任何关系"的"庞大，细碎，具有很多微妙的细节"的日常生活。由于魏微是一个对个人记忆过于倚重的作家，这便使她的写作只能满足于把她"所看到的东西记录下来"，"服从"于她所"看到"的"某种真实"。但这样的后果，却是把本来就具有相当深刻的内在关联的时代历史与日常生活剥离开来，出现了我在批评王安忆的创作时所曾指出的重要问题，即是在这样的作品中，日常生活或"很多人物总是如秕糠一般地漂浮于历史洪流的表层，而不与历史发生真正深刻的联系，历史便成了空洞的背景、符号或单纯的时间段落"①，从而也豁免了作家进一步的反思与批判，豁免了被真正地触及与深入的可能。这样一来，魏微对时代的精神姿态便只是一种不追求真实与深度的旁观与回望。这种对时代不求深刻、简单回望的精神姿态，在作家新近发表的中篇小说《在旅途》中，同样表现得相当突出。

《在旅途》写了一位成功人士李德明的精神痛苦。作为一位投资公司的副总，李德明的经济收入、社会地位和生活方式，无疑是我们这个时代万人钦羡的典范与梦想，实际上就是我们这个时代的意识形态。但就是这样一个人物，却在精神和情感上十分落寞："这些年来，李德明偶尔就会'落寞'来着，恍若一阵空穴来风，他心里突然就空荡荡的，像有什么东西在往下沉。"人生中途，在他功成名就的今天，他却在重新翻检着自己的人生："他发现他这一生全错了，已经来不及纠正了。""当年那样一个沉着稳重的青年，谁会想到，二十年后会变得这样猴急焦躁？就

---

① 何言宏：《王安忆的精神局限》，《钟山》2007 年第 5 期。

仿佛他们每个人都在一条路上狂奔，这其中细微的变化，一年两年看不见，待十年二十年猛一回头看，那真是触目惊心。"在一个孤寂落寞的长假，二十年来一路狂奔的李德明终于在思考：他的人生到底在哪里发生了差错？正是由于这样的追问，"时代"的远因开始被涉及——"这些年他每走一步，都是经过深思熟虑的，可还是错了；所以说这不是他的问题，错是不可避免的，悲剧无论如何都躲不过"。这样一来，导致了李德明的生存悲剧的，只可能是他和我们所共同处身的时代——"外面是浩浩的时代的风，从远古吹到今天""在他们的身后，是一个时代的富贵温柔"……正是通过李德明对自己近二十年人生的痛苦反刍，魏微的小说追究到了时代。但她在这里对时代的"追究"，仍然只是简单的回望。无论是李德明的精神落寞与人生反刍，还是作品的开头和结尾所写到的我们这个时代的典型病相，它们对时代的追究与思考都并不深入，都显得过分的空泛、微弱与虚飘，而缺乏应有的深刻性与切实感。魏微曾经说过："'回忆'是我的一个重要组成部分，天性使然，我从小就恋旧。我也意识到这一点，就是八十年代的时候，我开始回望七十年代。九十年代的时候，又开始回望七八十年代。"[①] 而在 2008 年，在她的《在旅途》中，她又开始了对八九十年代的回望。相比于很多同辈作家，魏微这样自觉的"时代意识"无疑是我们应该肯定的，但它的局限也非常明显，我很真诚地希望她能超越这种对时代与历史简单回望的精神姿态，在对时代历史和其中的人们之间的复杂关系进行深刻

---

① 魏天真、魏微：《照生活的原貌写不同的文字：魏微访谈录》，《小说评论》2007 年第 6 期。

思考的基础上，由对时代与历史的简单回望，转而为更加切实、同时也更加有效、更加广阔与深厚的批判性思考。

日常生活的简单肯定

日常生活，既是魏微小说的主要内容，也是她的价值立场。正是在对日常生活的大量书写中，魏微的小说不断重申，同时也相当突出地显示了她对日常生活的皈依与臣服，显示了她对日常生活简单肯定的精神姿态。

在谈到自己的创作时，魏微曾经说过："我是想把小说写得像生活一样，就是照着生活的原貌写，生活是什么样的，我的小说也想是什么样的。"① 而在其长篇小说《一个人的微湖闸》的"楔子"中，魏微也说过："其实，我想记述的是那些沉淀在时间深处的日常生活。它们是那样的生动活泼，它们具有某种强大的真实。它们自身不带有任何感情色彩，它们态度端凝，因而显得冷静和中性。当时间的洪流把我们一点点地推向深处，更深处，当世间的万物——生命，情感，事件——一切的一切，都在一点点地堕落，衰竭，走向终处，总还有一些东西，它们留在了时间之外。它们是日常生活。它们曾经和生命共沉浮，生命消亡了，它们脱离了出来，附身于新的生命，重新开始。"

在魏微这里，日常生活获得了超时间的本体性地位，在它的"强大""冷静"和"端凝"面前，人世间的种种悲欢、"一切的

---

① 魏天真、魏微：《照生活的原貌写不同的文字：魏微访谈录》，《小说评论》2007年第6期。

一切"和我们的"生命，情感，事件"都显得是那样的微不足道。魏微的小说书写了很多日常生活的逃离者的故事，这些形形色色的逃离者们虽然总是出于不同的原因而对生活产生厌弃和逃离的冲动，但是他们的最后结局注定会失败，他们总是会由于对生活的无奈臣服而选择皈依。也因为如此，逃离与皈依，便成了魏微小说的一个相当重要的叙事模式。正是在对这些逃离与皈依的反复书写中，魏微的小说完成了对日常生活的不断肯定。

魏微小说中的逃离与皈依，主要有两种类型：一种是少男少女们青春期的逃离和他们在后来终于对家庭、对亲情和对生活的重新皈依，属于典型的成长主题；第二种类型，则是一些兼有家道或者是在一定程度上获得了事业成功的中年男女对于固有生活的逃离与皈依。

在魏微的作品中，成长小说占有着很大的比例，像《在明孝陵乘凉》《姐姐和弟弟》《父亲来访》《寻父记》《异乡》《迷途》和长篇小说《一个人的微湖闸》《拐弯的夏天》等作品，都是非常典型的成长小说。《在明孝陵乘凉》写的是成长中的小芙因为对"大人"的"讨厌"而产生的摆脱与逃离的冲动；在《父亲来访》中，这样的冲动在一个叫作小玉的女孩身上，表现得同样强烈。我们实在是难以想象，一位父亲对于女儿的正常看望竟会给她带来那么大的压力与焦虑，使她产生了"在父亲来到之前，她必须逃离南京。她得尽快逃离"的想法；而《姐姐和弟弟》中的"我"在经过与母亲和弟弟之间复杂漫长而又混乱不堪的互相伤害后，同样也渴望着离家出走——"她想她应该离家出走，到一个陌生的城市生活"。

像是对这些逃离冲动的回答，《异乡》《迷途》《回家》《寻父记》和《拐弯的夏天》等小说中的终于逃离的青年男女在经过时间不等的"离家出走"后,最终又都选择了皈依。《迷途》中的黑雨在摆脱了令人窒息的山村的"支配"与"控制"来到城市后,并未获得他所向往的生活,最终仍然选择了"回家";《异乡》中的子慧在她漂泊异乡打拼职场的三年中,也经常会有着"回家"的冲动:"多少次了,她听到一个声音在召唤,温柔的、缠绵的、伤感的,那时她不知道这声音叫回家。她不知道,回家的冲动隔一阵子就会袭击她……"而在一次应聘中的委屈终于使她"萌生了退意"——"不知为什么,她突然想回家,回她的吉安小城去,那儿青山绿水,民风淳朴。那儿,才是她应该呆的地方";而《寻父记》中那位中途退学、离家出走去追寻父亲的女儿,终于也在寻找的中途结束了漂泊,在外乡人的小城建立了自己的家庭。在魏微的小说中,"父亲"是一个频繁出现也非常重要的象征。由《父亲来访》中对父亲的疑惧与逃离,到《寻父记》中对父亲的追随、渴盼与寻找,以及《拐弯的夏天》中逃离父亲甚至与父亲断绝关系的"我"在作品最后对父亲的愧悔,包括《情感一种》和《家道》中父亲的去世或系狱所导致的"我"和家人的寥落无依,都显示出魏微在以种种不同的方式不断强调"父亲"形象对于逃离者所具有的突出的皈依感。

但是在生活中,父亲——甚至母亲,包括像父母一样的成人——其实也有逃离的冲动。他们和在青春期的男女一样,也渴望着逃离一成不变的日常生活,但是在魏微的小说中,这些形形色色的逃离,最后又都以不同的方式选择了回归。《到远方去》《薛家巷》《乡村、穷亲戚和爱情》《李生记》《化妆》《在旅途》和长篇小说《拐弯的夏天》及《一个人的微湖闸》中,就曾这样讲述了逃离者的故事。《到远方去》写的是一位"善良、正直，一辈子战战兢兢地生活着"的50多岁的好男人在一次下班途中跟踪一位女性的故事。但是对这个男人来说，这样的行为不过只是日常生活中的一次偶然"逃离"，转瞬之间，他便会很自然地回归；而《薛家巷》中那个多年以来一直热衷于在城市中漫无目的地行走的吕东升，不管他在行走中体验到多少自由，洗除了多少日常生活的烦恼（"他这样跑着，也许是走着，在那静静的一瞬间，觉得自己获得了某种自由之身。他离他的日常生活远了，他的妻儿、爱和憎、苦恼、那日渐衰老的肉身，都离他远去了"），但是在最后，他也只能重新回归（"出走的人回家了，他把手抄在风衣的口袋里，慢吞吞地往院子里走。……现在，他心情好了，所有的悲伤、无聊、忧郁都消失了。它们消失了。他重新成为了有责任心的丈夫和父亲"）；在魏微的《李生记》中，那个携家进城的民工李生同样如此。虽然李生在生活中有诸多的愤懑和屈辱，认为自己"多年来的现实生活""低微、卑贱，没有尽头"，并且因此产生了非常强烈的自杀冲动，但这种冲动，也只不过是在无意之间表演了一场不无荒诞的"跳楼秀"而已，末了的结果仍不过是营救之后的"安全"回归。在魏微的小说中，不管人们以怎样的方式逃离生活，最终都只能重新回归，重新回归那"强大""端凝""冷静""中性"和具有不由分说的吞噬力量的日常生活。上述作品中的"吕东升"们如此，而《拐弯的夏天》《化妆》《在旅途》和《乡村、穷亲戚和爱情》中的"阿姐""嘉丽"和"李德明"们也都是这样。在《拐弯的夏天》中，虽然阿姐一直偏离正常的生活轨道从事着形形色色的诈骗活动，但她不仅不让"我"介入这样的轨道，还很真诚地规劝"我"重新回到正常的生活，回到"我"的父亲身边。这也从反面说明了她对正常生活的向往与肯定。而《化妆》中嘉丽的化妆行为、《在旅途》中李德明的旅行和《乡村、穷亲戚和爱情》中"我"对陈平子的"爱情"，不过都是对他们各自所拥有的日常生活的短暂出逃，在这些短暂的出逃后，他们都只能重新回到原来的生活。

魏微小说中的逃离与皈依，以《一个人的微湖闸》中离家出走的杨婶的故事最让人震惊。但也正是通过杨婶的故事，魏微实现了对日常生活的明确肯定。小说中最初出现的杨婶是一个近乎完美的女人形象："她是那样的安素，通情达理，会持家。……各种美好的品质，善良、笃厚的道德感，能干，宽容，亲和力，在她身上得到了完美的统一……她融入到日常生活里去了……她就是日常生活本身。"可就是这个女人，却在作品的后来伤风败俗地离家出走，不仅导致了家庭悲剧，更是使微湖闸人的道德天空几近崩解。但是我们并不用担心，魏微的叙事足以撑持起这一片天空：一方面，和前面的很多故事一样，魏微的小说也写了杨婶的回归，写到了离家出走后的杨婶对微湖闸的回访，这样的回访终于使人们见证了杨婶的下场："她从日常生活里逃离出来，辗转起伏，最终又回到日常生活里去。她操劳，肥胖，臃肿。侍候男人的日常起居，必须算计着花钱，度日。为一点小事斗嘴，有很多不愉快……再没想到会是这样子的，一切邋遢之极。"一个因为爱情而逃离了日常生活的女人终于以这样"邋遢"的形象重新堕入或回归了更加不堪的日常生活。另一方面，魏微还以尽享天年、无疾而终的"奶奶"的形象映衬了杨婶。在魏微的叙事中，不是杨婶而是"奶奶"才"是日常生活坚决的拥护者，她从来没有背叛过它"，所以，也只有奶奶才会拥有真正的幸福，才是生活中的真正的胜者。

魏微的小说就是这样以种种逃离与皈依的故事不断肯定着日常生活，肯定着亲情、血缘和家庭的永恒召唤。这样的肯定自然是温暖的，它也足以抚慰逃离者的内心，抚平诸多逃离的冲动。但是说实话，这样的肯定多少又显得过分的简单。它并未建立在对日常生活进行充分、切实和深刻的理性批判的基础上。在她的作品中，日常生活的基本结构和它的复杂性并未得到有效的揭示，很多人的逃离大多只是一种情绪性和情感性的冲动，是对灰暗生活的简单厌弃。继新写实小说出现以来，这种对日常生活简单化的肯定和全盘接受的精神立场一直在我国兴盛不衰。在这样的潮流中，我们的文学日益丧失了对日常生活的批判精神与批判能力。魏微的小说，不过只是一例而已。

复杂人性的简单书写

魏微是一个对人性怀有着悲悯与温爱的作家。在她的作品中，不仅有对美好人性的颂赞与缅想，也有对人性的微妙与幽暗之处的洞悉、宽宥与理解。很大程度上，她的所谓"老老实实地写人"的创作追求，正应该赖于她对人性的书写。但是从她目前的小说创作来看，她对人性的理解与表现却显得过于单薄、过于简单。

由于自身独特的成长经历，魏微非常重视人性中的亲情和血缘方面的因素。她曾这样对一位访谈者说过："我对'亲情'天生敏感，人世的感情中，友情、爱情我可以忽略不计，唯有亲情会让我热泪盈眶。我这样说，你应该能够理解，它指向的更多是一种文学情绪。我这里所说的亲情,肯定不是通常意义上的亲情,而是一种更缠绵、更忧伤的东西。这东西在我骨子里,几乎是与生俱来,我们家的人都有这样的情绪,非常缠绵,非常忧伤。简而言之,我一直身处亲情中,曾和父母、弟妹、爷爷奶奶、外公外婆过着平安的生活,我曾随他们一起成长,也将随他们慢慢变老,我的身体里流着他们的血液,是血液这个东西让人沉迷。"[1] 正因为如此,对于亲情的书写才成了魏微很多作品中的主要内容。她的很多以成长和家事为题材的小说,甚至都可以被称为"亲情小说"。

魏微的很多小说都浸润着浓厚的亲情,是对人间亲情和人性之中美好的一面的温婉的赞歌。像《一个人的微湖闸》中"我"对爷爷和奶奶的怀念以及"我"和叔叔间的情感、《薛家巷》中姜老太太的母女情深、《大老郑的女人》中的兄弟情谊、《家道》之中家道中落后母女之间的勉力撑持和《乡村、穷亲戚和爱情》中亲戚之间的血浓于水……都有一种绵厚动人的诗意。特别是在《乡村、穷亲戚和爱情》中,亲情的意义甚至得到了不无夸张的强调。作品中的"我"对穷亲戚们的情感由青少年时期的嫌厌与隔膜到后来的深切认同,便是源于她对亲情的醒悟——当她为奶奶送葬到乡村,她不仅对这片土地有了感情,觉得"它从来就躺在我的身体里,它是我血脉的一部分",更是恍悟到自己和那些穷亲戚们其实"是骨肉相亲的",一直"在一起"。在这篇小说中,这样的醒悟甚至被作家夸张到使"我"对陈平子产生了冲动

---

[1] 魏微、姜广平:《"先锋死了,我们不得不回过头来"》,《西湖》2008 年第 4 期。

性的所谓"爱情"。我猜想,也许魏微正是想通过这样的夸张,进一步强调和赞颂亲情的意义。

不过在另一方面,魏微的小说也写到了亲情和人性中的复杂。像《薛家巷》中吴老太一家的互相算计、孙老头的子女不孝,《李生记》中李生对家人的怨愤,以及《父亲来访》《在明孝陵乘凉》《异乡》《拐弯的夏天》与《姐姐和弟弟》等小说中亲人之间的紧张与冲突,都让我们对人性有了更多的理解。在这些作品中,尤其以《姐姐和弟弟》最引人注目。在这篇成长小说中,魏微以近乎自叙和散文化的方式书写了成长期的"我"与母亲特别是与弟弟之间爱怨交加的伤害与折磨,书写了"我"的近乎非理性的成长的伤痛。正如作品在"题记"所说的:"在我们每个人的心中,都有一条蛇。"这篇作品就是要通过对"我"的成长期的自叙,挖出在我们青春期的人性所潜伏着的可怕的蛇。

实际上,魏微对我们的人性之中另外的"蛇"同样有着足够的清醒,也有着足够的宽宥与理解。比如我们在前面所曾详细讨论了的逃离与皈依,魏微正是把它作为人性的一个重要方面来理解和书写的。在谈到《到远方去》的创作时,魏微曾经说过:"这篇小说写的是逃跑,逃跑是个重要的文学命题,但是我写它不是为了命题,而是为了写我自己,因为我身上就常有逃跑的冲动,从自己熟知的生活环境里隐身,到一个完全陌生的地方,过一种自己不能掌控的、孤寒的生活,这是什么?我的解释是,这是人性里的一条幽深小径,若是在革命年代,它有可能被夸大成一种献身精神和理想主义情怀,其实不是,它就是逃跑。人性里大概有这样一种东西,那就是对于温暖的追求,这是常态,可是温暖太多了，会让人窒息，那么逃跑就是必然的。"① 也许正是由于这样的认识，魏微才写了很多逃离者的故事，揭示和书写了我们人性中的逃跑的冲动。

除了逃离，魏微的小说还很经常地写到性与爱欲，发掘了这一人性之中更加幽暗与复杂的方面。在她的很多作品中，魏微删除了简单化的道德与伦理的目光，性与爱欲都只是作为一种人性的真实坦然存在着，是我们来自生命深处的本能"尖叫"。比如在《情感一种》《暧昧》《到远方去》《储小宝的婚姻》《石头的暑假》《大老郑的女人》《异乡》和《一个人的微湖闸》等很多作品中，我们都能感受到她对性与爱欲的宽宥与理解。在魏微的笔下，大老郑和那个亦良亦娼的女人的生活被叙述得那样的自然、坦荡和美好；《到远方去》中的那个男人之所以会在下班的中途跟踪女性，无非也是对"他那生命里偶尔有的尖叫和撕裂声"的正常响应；而"石头"（《石头的暑假》）之所以犯罪，也不过是因为听命于生命深处的本能冲动；《储小宝的婚姻》在写到储小宝的妻子吴姑娘之所谓"作风不好"时，她也曾有着这样的宽宥："我很以为，我明白吴姑娘这样的女性。那几乎是她们体内与生带来的东西，她们生命的气息结实而饱满，那有什么办法呢，她们约束不了自己。就这么简单。她们身上的动物性更强一些，理性，道德，责任心，与身体的欲望比起来，也许并不算什么。——她们是天生有着破坏欲的那一类女人"。魏微温厚地正视和书写了我们人性中的爱欲意识，并且对此表示了足够的

---

① 魏微、姜广平：《"先锋死了，我们不得不回过头来"》，《西湖》2008 年第 4 期。

理解。

魏微小说对"亲情意识""逃跑意识"和"爱欲意识"的书写,突出显示出她对人性有着一定的自觉和理解,这些方面,也构成了其人性意识的主要内容。但我认为,与在这些年来我们的人性所发生的巨大变动和所承受的巨大考验相比、与我们的异常复杂的人性现实相比,魏微小说中的人性书写无疑是单薄的。即使不在这样的意义上来考察,魏微小说对人性的表现也应该走向进一步的深刻。在中外文学的发展史上,人性的挖掘与表现一直是一个非常重要的主题,就是在我国近些年来的文学实践中,也出现了很多书写人性的杰出作品,与它们相比,魏微小说中的人性书写仍然显得过分的单薄而流于一般。那么问题到底在哪里?

如果我们紧密联系着魏微小说的创作实际来看,我个人以为,魏微小说的人性书写之所以显得如此单薄,可能和她对人性的理解过分地局限于自己的个体经验有关。正如魏微自己所说的,她的小说中的亲情所"指向的更多是一种文学情绪","是一种更缠绵、更忧伤的东西",这样的意识表现在创作中,便使她的小说对亲情的书写往往流于"情绪性"的抒发、铺排和宣叙,妨碍了她对作为一种人性的亲情进一步的认知意愿与深刻思考,加之她对亲情的书写往往又都局限于家道之内,这都影响了她在这方面的人性书写所能达到的深度与广度。实际上,文学史上因为对人间亲情的写作而达致伟大的作品并不鲜见,但它们的指向和它们所包含的内容,肯定不只是"一种文学情绪"。另外,在谈到她的小说对于作为"人性里的一条幽深小径"的"逃跑"的表现时,魏微虽然很清楚地知道"逃跑是个重要的文学命题",但她又强调指出"写它不是为了命题,而是为了写我自己,因为我身上就常有逃跑的冲动",这样的观念,显然又一次用"自己"封闭了对作为一种人性的"逃跑"的深究,也缺乏与这个重要的文学命题与人性命题进行对话的意愿,当然也并不企图走向深刻。实际上,个体经验从来都是文学创作的一个相当重要的出发点,但对一个优秀的作家来说,这样的经验从来又不是屏障与囚牢。在我看来,魏微真的应该在珍视自己独特的个体经验的同时又努力超越个体的局限,将她对人性的初步思考联系到更加切实、更加广阔的社会历史和更加丰富复杂的我们人性的内部而不断地走向深刻。

魏微小说对"时代"的简单回望、对日常生活的简单肯定和对复杂人性的简单书写充分显示出一个作家对我们的时代、对我们的日常生活和我们的复杂人性缺少了必要的精神应对。正如我们在前面所引述的,魏微曾表示过她在今后的写作"就是要老老实实地去写生活,写时代,写人……",要"老老实实地去写生活,写我们内心的东西",她甚至还希望自己的写作能够"用最恰当、最中国化的方式介入我们的现实",我想这样的前提,首先就是要正视自己精神的匮乏。在谈到对自己"影响很大"的作家萧红时,魏微曾经说过:"精神上我离萧红更近一些,她身上有一种很朴素的东西,很本色。她一生追求温暖,其实活得寒凉。她的小城背景,对穷人的态度,对日常的书写……这个也是我感兴趣的东西,也不是刻意学她吧,其实萧红也是学不来的。精神这种东西你怎么学得来呢,这是你天性里就有的东西啊。"[①]

[①] 魏天真、魏微:《照生活的原貌写不同的文字:魏微访谈录》,《小说评论》2007年第6期;

魏微对萧红的认同与理解自然有她非常正确的一面，但她明显忽略了萧红在精神立场上所具有的批判性，这种在巨大的悲悯下对乡土中国的精神批判实际上是萧红小说中最为重要的东西，而魏微的小说却正是丧失了这一点。面对我们的时代、我们的生活和我们作为人的自身，如何在进行深切的批判性思考的基础上重新建立更加明确也更加有效和有力的精神立场，恐怕是魏微的创作所正面临的最为主要的问题。实际上，这样的问题已经不仅是魏微，而是我们所有的作家包括我在这里所主要涉及的"'70后'作家"所共同面临的问题。也许只有解决好这个问题，我们的文学才会有更大的可能。

讲述中国的方法

——贾平凹长篇小说《老生》读札

一

读罢《老生》,脑海中一直浮现着贾平凹在"后记"中所说到的这部小说的创作缘起与写作景象。那常常是在烟雾腾腾之中,作家沉思和凝望着自己的个体生命以及和自己的生命深切关联的中国历史,欲罢不能。《秦腔》以来,在每一部小说——《古炉》《带灯》和《老生》——的"后记"中,贾平凹都会谈到自己的身世,谈自己的家庭出身、人生经历和自己的亲人,特别是他父母的先后离世,和他对"自己是老了"的意识,这使他的"后记"充满了浓重的人生况味和感伤气息。而在《老生》的"后记"中,这种意味更加浓烈。这篇 3000 来字的"后记",以"烟"开头,以"烟"结尾,其间"烟雾腾腾"——

在"后记"的开头部分,作家写道:

> 年轻的时候,欢得像只野兔,为了觅食去跑,为了逃生去跑,不为觅食和逃生也去跑,不知疲倦。到了六十岁后身

就沉了，爬山爬到一半，看见路边的石壁上写有"歇着"，一屁股坐下来就歇，歇着了当然要吃根纸烟。

女儿是一直反对我吃烟的，说，你怎么越老烟越勤了呢？！

我是吃过四十年的烟啊，……现在我是老了，人老多回忆往事，而往事如行车的路边树，树是闪过去了，但树还在，它需在烟的弥漫中才依稀可见呀。

这一本《老生》，就是烟熏出来的，熏出了闪过去的其中的几棵树。

在"后记"的结尾，作家又说道：

《老生》是在2013年的冬天完成的，过去了大半年了，我还是把它锁在抽屉里，没有拿去出版，也没有让任何人读过。烟还是在吃，吃得烟雾腾腾……我的《老生》在烟雾里说着曾经的革命而从此告别革命。

对于这种"在烟雾里说着曾经的革命而从此告别革命"的具体景象，"后记"的中间部分，则有着更加详细的表述：

从棣花镇返回了西安，我很长时间里沉默寡言，常常把自己关在书房里，整晌整晌什么都不做，只是吃烟。在灰腾腾的烟雾里，记忆我所知道的百多十年，时代风云激荡，社会几经转型、战争、动乱、灾荒、革命、运动、改革，在为了活得温饱，活得安生，活出人样，我的爷爷做了什么，我的父亲做了什么，故乡人都做了什么，我和我的儿孙又做了什么，哪些是荣光体面，哪些是龌龊罪过？太多的变数呵，沧海桑田，沉浮无定，有许许多多的事一闭眼就想起，有许许多多的事总不愿去想，有许许多多的事常在讲，有许许多多的事总不愿去讲。能想的能讲的已差不多都写在我以往的书里，而不愿想不愿讲的，到我年龄花甲了，却怎能不想不讲啊？！

这也就是我写《老生》的初衷。

——之所以在文章的开头就以较多的篇幅"引述"作品"后记"中的原文，是我认为，这些文字对我们理解《老生》的创作不仅很关键，还因为这些"转述"所无法取代，其中所透露的信息，也非常丰富。从中我们读到，花甲之年的贾平凹，他是想以《老生》写出自己对人生、对家族和对风云激荡的百年历史的思考和总结。他决意于像"后记"中的那位"最有威望"的老人那样，秉持"公道"，以"真诚"和"真实"去写出他在"以往的书"中所"不愿想"和"不愿讲"的东西。毫无疑问，对于贾平凹来说，这是一部"总结之书"，而且这样的"总结"才刚刚开始。正如他在"后记"中所说的，《老生》所已讲述的，只是"烟的弥漫"之中"依稀可见"的"几棵树"，由此，我们很自然地会想到，那些远远多于或大于这"几棵树"的、同样也是他以往所"不愿想"和"不愿讲"的"一切"，也许在他今后的创作中，会更多地出现。我们甚至还可以进一步想象，或者更进一步地希望，他在今后的写作中对于这些"一切"的书写，也许不再会有很多"烟的弥漫"，而是可能更加清晰。"烟的弥漫"意味着凝重，也意味着浑茫或模糊，我们希望作家以后的创作对历史的思考会探寻到更加明确和更加坚定的精神立场。所以在这样的意义上，我认为长篇小说《老生》是贾平凹创作道路上的一个非常重要的"界碑"，它是对过去的一种告别，也是一个新的起点。它意味着贾平凹的创作在发生转型。

二

如果说《老生》意味着贾平凹的创作发生了转型，那作为这一转型的新的起点，它所包含的信息将十分重要。我以为在这些信息中，一个最为重要的方面，就是作家开始从民间和个体的角度来讲述中国，在这样的讲述中，作家已经不再简单地使用意识形态话语和知识分子的启蒙话语，而是采用民间的个体性视角——我称之为"民间个体"的视角。具体在作品中，就是通过一个以唱丧歌为业的老人——即"唱师"——来讲述现代以来的中国历史，其中的"革命""土改""文革"和"改革"，则是讲述的四个重点。我们看到，唱师这位"神职"人物不仅通晓阴阳，"一辈子在阳界阴界往来，和死人活人打交道"，而且对尘世间的事情，既"能讲秦岭里的驿站栈道，响马土匪，也懂得各处婚嫁丧葬衣食住行以及方言土语，各种飞禽走兽树木花草的形状、习性、声音和颜色，甚至能详细说出秦岭里最大人物匡三的家族史"，有着"全知"性的特点。他的精神情怀和价值立场，既表现在他的大量阴歌中，也隐含于他的历史讲述。如果我们仔细寻绎，就会发现，其间既有贾平凹在"后记"中所说的"公道""真诚"与"真实"，也混杂着上古以来沉积于民间的生死观和世界观等种种观念，但它们的共同特点，就是在评陟人世时，往往多是从死亡的方向来看，实际上就是对尘世的超越。《老生》出版后，作家在接受记者采访谈到自己选取唱师作为叙事人的原因时，曾经指出："为啥我选取唱师作为叙事人？唱师是社会最基层的一个人，以他的面貌来看这一百多年来的过程。这个人是超越了族类，也超越了不同的制度，超越了人和事，这样就有意识地超越地来讲这些东西。如果你站到很高的时候就不去争是与否、对与错的观念，你完全是看到人生的那种大的荒唐，这些东西就能够看清。"① 确实是这样，对于"制度""族类"甚至"人与事"的"超越"，是贾平凹选择"唱师"来讲述中国的根本原因。在我们的文学史上，像以"十七年"时期的"革命历史小说"为代表的作品，主要是以当时意识形态的"制度"话语来讲述中国，"文化大革命"以后，像"伤痕""反思""改革""寻根"等小说潮流中的很多作品，则会继承"五四"以来知识分子启蒙主义的话语传统，《老生》对此显然要超越。这种超越，虽然是采取民间的方式，是从民间来寻找讲述的角度和话语基点。但我们知道，民间其实是非常混杂的所在，并不具有严整统一的话语体系，也难有一个比较典型的话语代表。具体在《老生》中，唱师这个近妖近神的神职人员，则更是谈不上代表性，他只是民间的一个独异个体，是贾平凹对民间这个"族类"进行"超越"的独特载体。所以我认为，《老生》的讲述既是民间的，更是个体的，《老生》属于"民间个体"。

---

① 《贾平凹谈〈老生〉：借"唱师"之口写历史变革》，《京华时报》2014 年 10 月 31 日。

三

《老生》从民间个体的角度来讲述中国，具有独特的历史理解。这一理解，最为突出地表现在它对"革命"起源的历史书写上。小说的第一个故事，是对当年秦岭游击队光辉历史和英雄业绩的讲述，也是作品贯穿始终的内容。秦岭游击队中的游击队员们，除了队长李得胜类似于"革命历史小说"中的党代表形象，在小说中一出现，就是一个空降而来的成熟的共产党人，负有组织武装、发展革命的"革命使命"，其他人物，如老黑、雷布、匡三和三海等人，他们参加革命的过程，小说中都有具体的讲述。《老生》的独特性，正是在这里。

我们主要来看秦岭游击队副队长老黑是怎样参加革命的。老黑出身于长工家庭。他的父亲，是担任了正阳镇公所党部书记的地主王世贞家的长工。父亲意外身亡后，年少的老黑成了孤儿，正是出于对老黑的顾惜，王世贞将其"发展"成了镇保安队的队员。对此，小说中是这样写的："爹再一死，老黑成了孤儿，王世贞帮着把人埋了，给老黑说：你小人可怜，跟我去吃粮吧。吃粮就是背枪，背枪当了兵的人又叫粮子。老黑就成了镇保安队的粮子"。如果我们从革命的角度来看，镇保安队完全属于"反动武装"。老黑就是因为"吃饭"、因为"活命"的原因而加入了"反动武装"。

充当了"粮子"，背上枪后，老黑本性中蛮暴的一面开始发挥——"老黑有了枪，枪就好像从身上长出来的一样，使用自如。他不用擦拭着养枪，他说枪要给喂吃的，见老鹰打老鹰，见燕子打燕子，街巷里狗卧在路上了，他骂：避！狗不知道避开，那枪就冒口饥了，叭的放一枪，子弹是蘸了吐沫的，打过去狗头就炸了，把一条舌头崩出来"，这分明是一个横行乡里的恶棍形象。而就是这个恶棍，却因为对王世贞的忠诚而深得信任，被擢升为排长。小说中写过两件事情：一是有一个夜晚王世贞在保长家喝酒时，担任警戒的老黑误将趴在墙头上"看稀罕"的村人当成夜猫而打死；另一件是他为讨王与姨太太的欢心而不惜性命，冒险横越深涧上的朽木。这两件事情都很充分地说明，老黑的本性中存在着连王世贞的姨太太都曾观察到的"可怕"的方面，那就是"他连自己的命都不惜了，还会顾及别人？"老黑这一不惜人命的本性，也为后来的一切所证明。

老黑起初参加革命，当然是因为李得胜的动员。但有异于主流意识形态革命叙述的是，李得胜并未对老黑进行过什么有效的革命启蒙，虽然他向老黑介绍了"国家现在军阀割据，四分五裂，一切都混乱着"的情况，老黑对此也很"好奇"，但对这一切，老黑的理解却仅仅是"谁有了枪谁就是王"，并不愿意更多地了解李得胜本来想进一步介绍的"共产党"和"延安"的情况。所以在最后，李得胜对老黑的"革命动员"退求其次地下降了一个层面，专门迎合老黑"有枪就是草头王"的固有观念——

李得胜说：要混就混个名堂，你想不想自己拉杆子？老黑从来没有想到过自己要拉杆子，眼睛睁得铜铃大，说：拉杆子？！李得胜说：要干了咱一起干！

"革命"后的老黑，本性依旧，只是这种本性在革命的意义上，具有了舍生忘死的英雄色彩，秦岭游击队，也在他和李得胜为首的出生入死中不断地发展壮大。作品充分书写了老黑在后来如何枪杀王世贞，动员雷布、三海和匡三等人参加革命，又如何不忍受辱杀死四凤的过程。老黑被俘后的英勇就义，写得尤为壮烈。老黑完全算得上是一个惊天动地的革命烈士。

但是在另一方面，老黑对革命，却又一直不甚了了。起初他参加革命，正如我们在前面所分析的，并不是由于他对革命有丝毫的认识。参加革命以后，他也对革命谈不上什么深入的理解与信念。一个非常生动的场景是，当有一次他和李得胜等几十个游击队员在黄柏岔村吃喝了山民后——

> 李得胜趴在炕上，用另一只手给他们写了欠条，说革命成功了，拿着欠条到苏维埃政府兑钱，兑三倍钱！
>
> 这些山民不知道苏维埃是什么，连老黑都不知道，那两户人家把欠条拿走了。老黑说：苏维埃政府？李得胜说：那就是咱们的政府。老黑说：咱们还真会有政府？李得胜说：这就是革命的目的。

实际上在作品中，除了李得胜，不管是老百姓，还是老黑、匡三和雷布他们这些游击队员们，都对革命不甚了了。否则像雷布，就不会在写出"参加游击队，消灭反动派"和"建立秦岭苏维埃"这样的"革命标语"后，近乎解构性地加上一条——"打出秦岭进省城，一人领个女学生！"老黑们的革命，混杂着一股原始蒙昧的力量，这种力量，不管是老黑的嗜血与蛮暴，还是匡三那样异于常人的口腹之欲，或者是雷布的标语所道明的"打出秦岭进省城,一人领个女学生"等等,由于都出之于人的本性与本能,所以当外在的革命激发、迎合、满足或释放出这些本性与本能,革命的力量便尤其强大——这就是《老生》在后来的讲述中所次第展开的历史的洪流。

四

《老生》的第二个故事讲的是"土改"。在这个故事中,以老城村为代表的乡土中国开始实行阶级划分,每一个农民家庭,都将按照拥有的土地被赋予"地主""富农""中农"和"贫农"等阶级身份,从而被纳入新的乡村结构。这个结构中实际上的核心人物,就是农会副主任马生。由于时间关系,本文的上一部分未及展开分析《老生》第一个故事中的另外一个重要人物匡三。其实相对于老黑的蛮暴,匡三的异于常人的口腹之欲,特别是他的流氓习气,属于另外一种被革命所满足与释放的本性与本能。老黑性格的结果,是他的壮烈牺牲;而匡三却在革命成功后成了一个大军区的司令员,真正享受了革命的成果。对于匡三的精神性格,《老生》的第一个故事有很充分的书写,我们虽然未及分析,但这种性格,却为后来者所继承,这里的马生,便是典型。

马生的参加革命,与当年的匡三一样,都是为了口腹之欲。作为一个乡野游民,马生在偶然之中被任命为农会领导,从而加入革命队伍,进入了乡村权力的中心。对于这一"偶然",小说中有这样的叙述:

　　白石要村民推选代表,村里人召集不起来,白石就问爹看谁能当代表,白河说了几个人,可这几个人都是忙着要犁地呀,不肯去。马生说:我没地犁,我去。却又问:乡政府管不管饭?白石说:你咋只为嘴?马生说:千里做官都是为了吃穿,谁不为了个嘴?!

但就是这样一个被正经务农的人们所睥睨与不屑的乡村混混,却被乡长相中。乡长听说马生的情况后,对白石说:"你说马生是混混,搞土改还得有些混气的人,让他当副主任。"——这就是马生的革命缘起。本质上和匡三一样,他的"只为嘴",是他加入革命的最为基本的驱动力量,而他的"混气",则成了他的革命优势和革命资本。

五

《老生》的第三和第四个故事,主要讲述的是"文革"时期和"改革"时代。这两个时代不仅互相之间极为不同,它们与前两个故事所讲述的"内战"与"土改"时期,无疑也有很大差异。但是在另一方面,某种内在的一致性,仍然贯穿其中。在关于"文革"的第三个故事中,无论是"过风楼""棋盘村",还是专门用于劳动改造的"窑场",都不过是土改故事中老城村的另一种形式。过风楼的公社书记老皮、棋盘村的村长冯蟹和窑场负责人闫立本在精神性格上都有匡三和马生的影子,特别是冯蟹,基本上就是马生的变体与再世,实际上就是"文革"中的马生。故事中的张收成、苗天义和马立春等"革命对象",也像老城村的地主王财东、张高桂和李长夏一样。关于"改革"的第四个故事,写的则是当归村。当归村故事中的核心人物是戏生这一革命后代,与前三个故事中的"革命前辈"不同,戏生的欲望主要是发财,为了发财,他既能与妻子荞荞勤苦采药,也能够种植当归,从事批发。从中我们发现,在戏生这个革命后代身上,发财致富的本能欲望已经取代了前辈们的暴力本能,无论情势有何变化,他仍然都能在新的乡村结构中处于中心性的地位,起到领导或示范性的作用。

从当年的老黑与"匪三"们"闹红""闹革命"开始,中间经过"马生"们的"土改"和"冯蟹"们的"文革",一直到"戏生"们对物欲的追逐,贾平凹的《老生》,终于完成了对中国的讲述。贾平凹的讲述充满了悲情。一方面,个体生命的年过花甲需要进行"真诚"的"整理",① 讲述出那些以往"不愿想"也"不愿讲"的东西;另一方面,与其生命密切相关的中国历史也迫切需要深刻的总结。讲述中国,讲述革命以来的现代中国,正是很多作家奋力从事的工作。贾平凹的方法与众不同,他选择或化身与隐身为"唱师"这一非常独特的讲述者形象,不仅以个体超越诸般,还以对《山海经》的释读贯穿始终,在拉开天地洪荒这一巨大时空的同时,置中国的百年痛史而没于其间,用一场瘟疫,用一种近乎决绝的巨大悲情进行了一场象征性的埋葬。"烟雾腾腾"之际,这样的讲述或这样的"告别"自然有浑茫,但就在这浑茫之中,历史的秘密复又隐现,有一些本能———些近乎原始的生命的本能——几乎从革命的起源开始,实际上就隐

---

① 贾平凹:《〈带灯〉·后记》,《带灯》,第357页,北京,人民文学出版社,2013。

含于历史，支配着历史。《山海经》所映衬下的现代以来的中国历史也许只算是"一瞬"，但就在这"一瞬"之间，无数生灵生生死死。我们在历史中蒙昧的挣扎，和我们对历史蒙昧的认识，迫切需要能有方法来进行深刻有力的揭示。贾平凹的《老生》，无论是对他本人的创作，还是对我们的文学来说，兴许都是一种新的开始。

复杂时代的精神选择

——刘醒龙长篇小说《蟠虺》论

一

《蟠虺》是刘醒龙继《圣天门口》后发表和出版的又一部很有影响的作品。问世以来，颇获好评。它不仅在作家个人的创作史上具有集大成性的里程碑意义，其对当前的整个中国文学，都有突出的启发性。我注意到，目前已有的一些关于《蟠虺》的讨论，往往都集中于知识分子的精神与人格问题，这一问题，确实是《蟠虺》思考和表现的主要内容，需要我们去认真对待。但《蟠虺》对知识分子问题的书写涉及很多方面，也给我们提供了较大和较多维度的阐释空间，亟须我们进一步去讨论，有些话题在我们目前的语境中，甚至还很难充分去展开。我在这里所要考察的，侧重的是这部作品如何在当下中国的历史背景中，切实地思考和反映了知识分子的"精神选择"问题。我们知道，无论是《蟠虺》的作者刘醒龙本人，还是作品中的诸多人物，都与我们处身于一个共同的时代。我们这个无比复杂的时代，迫切需要知识分子相应地做出清醒的选择，《蟠虺》在这方面，能给我们以丰富的启示。

说到时代，说到我们这个也许很多人都莫知其里同时也是莫知所往的时代，一定都感到非常复杂。从历史的角度来看，我们这个民族在"文化大革命"的历史噩梦破灭之后，曾经在二十世纪八十年代以实现"四个现代化"作为自己的历史目标，但是在今天，"随着二十世纪八十年代作为我们近期历史目标的'现代化'被逐步实现，我们的历史似乎已'终结'。除了以财富与物质为主的种种指标，我们已经提不出更高的历史方案。我们的一切实践，似乎已经不再、而且也很难再在历史中来理解。历史纯然成了时间，成了物欲膨胀、精神虚空的国民们生存其中的时空容器。我们成了历史的弃儿"。① 在这样的历史境地中，文学何为，知识分子何为，便成了一个异常严峻而且也很迫切的重要问题。不过对文学知识分子来说，有幸处身这样的时代，实际上也是一个体现承担、行使使命和实现自身价值的历史性时刻和很难得的机会。二十一世纪以来的刘醒龙，在于 2005 年推出百万余言的长篇小说《圣天门口》，又于 2011 年以长篇小说《天行者》荣获"茅盾文学奖"之后，复又潜心创作，完成了如此厚重的《蟠虺》，一定有着强大的精神支撑。在谈到《蟠虺》的创作动机时，刘醒龙曾经说过时代性的精神文化乱象对于它的"促成"作用，很明确地告诉我们《蟠虺》的创作正是对时代性问题的精神回应，是出之于"文学的气节与风骨"的自觉选择。② 在这样的选择中，刘醒龙似乎以全力以赴的精神姿态，正面强攻，将他对

---

① 何言宏：《精神权力的瓦解与重塑》，《文艺研究》2011 年第 2 期。
② 周新民、刘醒龙：《〈蟠虺〉：文学的气节与风骨》，《南方文坛》2014 年第 6 期。

现实、历史与文化问题的丰富思考深深地融入自己的创作实践中。

就题材来说,《蟠虺》无疑是在写现实。密切地关注中国现实并且对现实及时书写,这是刘醒龙的文学创作从开始以来就有的基本特点。无论是其早期的《村支书》《凤凰琴》《分享艰难》《秋分醉了》和《挑担茶叶上北京》,还是后来的《寂寞歌唱》《生命是劳动与仁慈》和《天行者》,等等,都以对现实的关注引人注目。所以说,《蟠虺》的写实,正是刘醒龙所一贯具有的现实精神的最新体现。但是对《蟠虺》而言,它在现实之外,还写了历史,写了我们这个民族的近期历史。

但是在实际上,当我刚一读完《蟠虺》的时候,我最关注的倒并不是如上所述的它对现实和对历史的丰富书写,而是在文化方面。我一直以为,刘醒龙的早期作品如《人之魂》《老寨》《异香》和《返祖》等属于"大别山之谜"系列的小说,有很突出的对于荆楚文化的寻根倾向,应该属于当时的"寻根小说",只是这种倾向并未引起研究界应有的重视。他后来的小说一方面淡化了这种文化意识,另一方面,又因为对现实的关切而引人注目,久而久之,他的很早就有并且也非常珍贵的对于楚文化的寻根意识便被"压抑"起来,沉睡在他的精神深处,也在等待着再度唤醒和被激发的时机。《蟠虺》的创作,正是这种意识的突出表现,是他在当下中国乃至于整个世界的文化语境中所作出的极有价值的文学选择与文化选择。这样的选择与他对现实和对历史的深切关注充分结合,终于形成了他个人创作道路上的一部集大成性的作品,具有里程碑一般的标志性意义。

二

刘醒龙的文化寻根意识此番被再度激发，已经面临着新的语境。他在全球化时代书写和表现民族文化的意识非常自觉。曾侯乙尊盘，因为刘醒龙的写作而引发和凝聚了更多的文化认同。正如张光直先生所说的，由于"中国青铜时代这个概念与古代中国文明这个概念之间相合到几乎可以互换的程度"①，所以通过《蟠虺》，通过曾侯乙尊盘这个青铜时代中国文明的杰出代表和重要象征，我们被正面和直接地深深卷入了我们的古代。但具体在《蟠虺》，在刘醒龙的笔下和刘醒龙的文化意识中，古代中国的文明与文化世界并非同质。刘醒龙的"寻根"所仍然坚持与接续的，只是"楚文化"。这就使《蟠虺》不仅在刘醒龙个人的意义上重新接上了他自身所曾中断了的"寻根小说"的写作，更是在文学史的意义上意味着当年"寻根小说"潮流的重掀巨浪，涌现出了一部新的力作。

在《蟠虺》中，刘醒龙多次通过人物之口来告诉我们楚地青铜器与秦地青铜器的巨大差别，特别是沙璐有一次在博物馆的讲解，对此作了清楚而生动的说明。她说："在青铜时代，楚地制造的青铜重器，奇美浪漫更具艺术气韵。而秦地制造的青铜重器，凝重霸道带有威胁压迫的政治特色。所以，才有后来者生发出来的感慨，假若当初不是秦而是楚来统一中国，或许有更多的民主自由，少许多血腥屠杀。……咱们楚人的祖宗，一年也炼不

---

① 张光直：《中国青铜时代》，三联书店 2013 年 3 月版。

出一百吨的青铜原料,不将它们做成兵器,却制成鼎簋鉴缶钟等毫无还手之力的礼器。当然,有得必有失,有失必有得。大老秦得到江山,却存活得很短。大老楚失去了威权,却在文化中得到了永生。"刘醒龙的叙述所一再指出的,他的"寻根",他对古代中国的伟大文化与伟大文明的追怀与倾慕,并不包含秦!他鄙弃威权、鄙弃霸道、鄙弃血腥与屠杀,他所弘扬与向往的,是曾侯乙尊盘这样的楚地青铜器所代表与体现的自由、民主、和平、礼治与美。在这样的意义上,刘醒龙的"文化寻根",就不再只是简单和笼统地对我们所谓"传统文化"的趋附与认同,而是突出"差异",表现了他对"传统文化"的独特思考。在谈到知识分子与民族传统的关系时,萨义德曾经指出:"知识分子总要有所抉择:不是站在较弱势、代表不足、被遗忘或忽视的一边,就是站在较强势的一边。……至于群体或民族认同的共识,知识分子的职责就是显示群体不是自然或天赋的实体,而是被建构出、制造出、甚至在某些情况中是被捏造出的客体,这个客体的背后是一段奋斗与征服的历史,而时有去代表的必要。"① 去代表楚,代表被"强势"的秦所"征服"了的楚的文化与文明,同时显示差异,揭示出那种所谓"传统文化"的虚妄、笼统与"被建构"性,正是刘醒龙的《蟠虺》所作出的文化选择。

《蟠虺》中的曾侯乙尊盘作为楚文化的象征和代表,具有庄严肃穆的生命气象与人格力量。在刘醒龙的笔下,曾侯乙尊盘具有"横空出世独步天下的绝对之美"。他多次写到人们特别是曾本之对尊盘的敬畏与崇拜。在曾本之的心目中,曾侯乙尊盘已经

---

① 爱德华·W. 萨义德:《知识分子论》,三联书店2002年4月版,第33页。

远远不止是他的研究对象，而是他的心魂所系，有着至高无上的神圣地位。小说中有两次写到曾本之独自面对尊盘照片时的动人情景：一次是在深夜，"家里的人都睡了，只有曾本之还醒着"，他看到"黑白照片上的曾侯乙尊盘在灯光下闪着奇异的光泽，先是像星光，后又变得像荧光，再往后又成了霓虹灯光。曾本之眨了一下眼后，发现照片上的曾侯乙尊盘全是泪光。等到发现自己脸上也挂着泪花，他赶紧用自己的双手捂住自己的双眼，泪花是挡住了，却挡不住泪水，转眼之间，所有指缝都被淹没，那些无处流淌的泪水只能无声无息地滴落在地板上"；另一次是晚饭后，"曾本之到书房里独坐了一阵，不知为何，只要目光一接触到挂在墙上的曾侯乙尊盘黑白照片，就会无缘无故地心跳加速。曾本之赶紧从口袋里掏出速效救心丸，取出几颗放进嘴里"。……之所以如此，一方面是因为曾本之时刻牵挂于实际上已被调包失踪了的曾侯乙尊盘的下落，并以将其找回作为自己的责任；另一方面，更是因为作为楚文化的象征与代表，曾侯乙尊盘又以其精神风范而对曾本之有所感召，使他在文化人格的层面上有所认同，有所皈依。这两个方面，都意味着曾本之对曾侯乙尊盘的用心与敬崇，已经远远超越了专业性或职业性的层面，扩展和进入到了文化与道德人格的更高境界。刘醒龙曾经通过小说中的人物万乙等人之口，一再强调青铜重器乃属君子，只与君子相伴的道德意涵。比如万乙就说过："青铜重器确实是历史中的君子。没事时我做过一些统计，从殷商周到春秋战国，青铜时代真正的强豪无一不是品行端正的君子。"所以说，《蟠虺》中的青铜重器就不仅仅是楚文化在一般意义上的象征与代表，它还更具体地代表着君子人格。而作为青铜重器的至高典范，曾侯乙尊盘所代表的人格境界，则一定不止于君子，而是应该达到圣贤的层次。只有在这样的意义上，我们才会理解为什么作家要特意地以曾本之"用尽全身力气才写出"的两句话——"识时务者为俊杰，不识时务者为圣贤"——来做小说的开头，并且在实际上以此来构成整个作品隐于深层的主题模式。

三

确实是这样！《蟠虺》的整个叙事都是在写"时务"之下知识分子的精神选择。我们这个时代，复杂莫名，时务的识察也殊为困难。但不管时代与时务如何复杂，我们经常要面对的，都是道德与人格的严峻考量。桑塔格曾经说过："一位坚守文学岗位的小说作家必然是一个思考道德问题的人""他们培养我们的道德判断力。"① 面对我们复杂的时代，《蟠虺》的选择是回到我们文化的根部，重新进行"文化寻根"；而它的"寻根"，则又侧重或偏向于楚文化；它对楚文化的"寻根"，又很具体地落实于文化人格和道德选择的层面。这样一来，刘醒龙以《蟠虺》所再度进行的"文化寻根"，便归根到底地集中于道德，集中于复杂时代知识分子的道德选择，这就是所谓的——"识时务者为俊杰，不识时务者为圣贤！"

"识时务者为俊杰，不识时务者为圣贤！"《蟠虺》中的曾本之，显然属于不识时务的人。但是在现今时代，圣贤不世出，君子可自期。所以曾本之才一再地以曾侯乙尊盘这一君子、甚至是

---

① 桑塔格：《同时：小说家与道德考量》，《同时》，上海译文出版社2009年版。

圣贤人格的象征来自我砥砺,并且以它作为自己的道德资源,铸就了自己岿然不动的道德形象。这一点,正如小说中对曾本之的如下写照——

凭水而立的曾本之像青铜重器那样中正肃静,隐约可见的表情像青铜重器那样坦荡深厚。风在动,水在动,花草树木在动,唯独一动不动的,是曾本之身上那种独步天下的气韵。

——这就是刘醒龙笔下曾本之的形象特点。逝者如斯,风云激荡,无论"时务"如何变动,"一动不动"的,就是曾本之这样的不识"时务"甚至抗衡"时务"的知识分子。

曾本之对"时务"的"不识"或抗衡,一方面表现在他对真理的追求;另一方面,则表现在他对权力的不屑与抗衡。作为青铜重器领域泰斗级的学者,曾本之的学术地位与学术声望,主要建立于他的曾侯乙尊盘为失蜡法所铸的观点。但随着他的研究与思考的深入,他越来越怀疑自己原先的观点,而倾向于认为尊盘为我国历史上所固有的范铸法所铸。他容忍、甚至鼓励年轻学者对他的质疑,并且在最终推翻自己,明确承认了尊盘的范铸法工艺。对于曾本之来说,这是一个艰难的选择,这无疑是从根本上否定了他。但是在同时,这样的否定却又成就了他,成就了一个在真理面前艰苦求索的知识者形象。小说中的曾本之曾经说过:"真理总是在质疑中发现的,我无法控制自己如何面对自以为是的真理,但我晓得在真理面前该怎么办。"所以面对女儿的担心,他也曾经这样来告慰:"爸爸是在求索,不是苦!"许多年来,在我国本土的历史文化语境和世界性的后现代大潮中,"真理意志"频遭解构。言说真理,追求真理,似乎已经成了笑话与笑谈。而就是在《蟠虺》,在刘醒龙笔下曾本之的言说与抉择中,我们仍然感知到了真理的存在,真理她没有死!一个身居楚地,心系楚魂的楚文化学者,在真理面前,在对真理的上下求索和勇敢坚持上,仍然在其学术的晚年,不惜殒命般地从根本上否定自己,继承着屈原那样九死未悔的精神传统。

对于中国知识分子来说,无论是在古代,还是在当今,其所面临的最大"时务",就是权力,《蟠虺》中的曾本之,以及郑雄、马跃之、郝嘉、郝文章和万乙等其他一些知识分子,当然也如此,只是他们在共同面对的权力面前,会做出不同的选择。在曾本之这里,他所面对的权力主要来自于所谓的"老省长"。他非常反感"老省长"等人出于政治目的的对于曾侯乙尊盘的利用,绝不愿意合作。在以"老省长"为代表的权力看来,"任何事物,如果不能转化为生产力,成为意识形态,就不能成为真正的国宝",所以他们成立青铜重器学会,并不是想进一步促进有关的学术研究,而是"要让青铜重器走出博物馆,走出历史教科书,真正成为时代重器",实现他们潜在的政治野心。对此,曾本之的选择是弃之如"鼻屎",不仅拒绝了会长的职务,还和与此同流合污的郑雄彻底决裂。刘醒龙的《蟠虺》所提醒与告诫我们的,就是要在复杂的时代中,不管风云如何变幻,"利害"如何诱逼,一个真正的知识分子都应该坚持操守,保持清醒,不以"复杂"作为推诿,吾道一以贯之地上承传统,心追先贤,以君子甚至圣人的文化人格来要求自己,做出自己的应有选择。这也是刘醒龙的《蟠虺》在我们这个时代的重要意义。

寻找水晶的故事

——周李立短篇小说《东海，东海》读札

这几年，误入诗江湖，读过很多诗，却错过了不少好的小说。经常会听说小说界又出现了很多好的作家和好的作品，我也期待着能有机会好好阅读——我终于读到了周李立的小说。说实话，此前我并未读到过她的作品。小周她很勤奋地写作、发表作品，在许多重要的文学杂志上频频露面，又经常被重要的文学选刊选载、得奖……这些情况我都知道，也为她感到高兴。我也经常听到不少朋友对她的称道。我们的文学，虽然在这个时代处境尴尬，颇让人忧心，但年轻后来者的奋发与进取，还有他们对文学的追求与迷恋，又总让人受到鼓舞。他们的创作，我们应该认真对待！

《东海，东海》是我所读周李立的第一篇小说，她的一些其他作品，虽然暂时无暇搜读，但即以我对它的阅读，就已激发起对于她的其他作品进一步阅读的愿望。《东海，东海》写的是作为叙事人的一位大三女生"我"与其表姐长假期间结伴旅行的故事。故事的整个叙事进程，就是在写寻找水晶，是一个关于寻找水晶的故事。只不过在具体的叙事中，对于水晶的寻找却是一个深藏不露而在作品的最后才终于揭晓的激动人心的谜底。周李立有足够的克制与优雅将叙事的指向按压不表，似乎是无所用心而又略显慵懒地写着"我"与表姐"逃离"北京，自驾出行。这种无目的近乎漫游的旅行使她们来到了一个叫作东海的地方，这一点正如作品所写的——"我们都不再为目的地这样的问题困扰了，这本就是一次莫名其妙的行程，像她和我，我们在北京的生活一样，不过是在遭遇堵车的时候调转方向盘一次次逃离，很少有那种一路畅通的幸运，因而我们都习惯了等待和失望，以及他人的愤怒指责"——"等待""失望"和"他人的愤怒指责"，"我"与表姐在北京的心境与生活，显然可以用污糟来形容，因此她们才很本能地选择了"逃离"，这似乎是一篇关于"逃离"的小说。"逃离"是女性小说向来擅长的基本母题，我在读到这里时，也差不多产生了这样的猜测。但是，不！周李立的《东海，东海》，与其说是写"逃离"，不如说是写"寻找"，是写"人生"的，不管我们是否有意，其实都在从事、或者是与我们不期而遇的"寻找"。对于小说中的"我"与表姐来说，她们虽然非常偶然地来到了东海，来到了这个江苏北部以水晶著名的县份，但却都程度不同地各有所得，"找"到了她们自己的东西。

《东海，东海》中，周李立很娴熟地运用"对比"这一古老的叙事及修辞手法，通过"我"与表姐在精神性格、人生态度、价值观念和生活方式与生活经历等方面的对比与差异来展开故事。小说中的表姐，是我们在生活中已很常见的人物形象。她以自己的青春美貌，而享有浮华、豪奢而又空虚、无聊的有闲生活。她们生活的核心内容，就是对自己身体的打理和对财富性的象征符号的占有与消费。一方面，她们孜孜不倦地热衷于美容、减肥和塑身之类的"身体管理"；另一方面，她们的衣、食、住、行和她们的容貌装饰，求档次、讲品牌，竭尽于对符号的追逐。在此方面，小说中有这样的书写——

　　她紧紧捏在左手心的那个挂坠，是为数不多她明确告诉过我的事物——硕大一块水滴状的淡蓝色水晶，出自"施华洛世奇"。她曾迅速轻巧地把这五个字一带而过，再慢慢强调着这品牌出自奥地利。她熟谙各种品牌，从皮包、首饰到汽车。我常猜想她是否把大部分闲暇的时光都用来研究那些复杂的字母所象征的价值上了。我是从她每次见我时绝不重样的皮包，才得知了那几个校园里人尽皆知的奢侈品牌的。施华洛世奇是奥地利的品牌水晶，价格远远在那些透明的小石头所承载的价值之上。她喜欢的东西似乎都有这样的特点……

在以往的一篇关于"香格里拉"的文字中，我曾这样来批评和讨论表姐一样的人物和这种时代性的精神症候——"在我们这个时代，有一些非常具有标志性的象征与符号，很能够代表我们这个民族的梦想与激情。在这些象征性的符号中，除了'LV''香奈尔''路易威登''爱马仕''宝马''奔驰'和'豪华别墅'等之外，'香格里拉'和'希尔顿'等国际性的著名酒店，应该也是其中突出的两种。它们所意味着的金钱、权力与豪奢，为很多人所深切向往。人们钦羡和想象着其中的生活，甚至会为对它们的短暂入住而感到自得与光荣。正是这些象征性的符号，对我们的社会进行了区分。财富与贫穷、权贵与庶民、上层和底层、成功与失败，端靠的是对这些符号的占有与否"——当时我所讨论的，是一位作家小说中的人物对于"香格里拉"饭店的梦想与激情，而在《东海，东海》中，我们又遇到了"表姐"，遇到了她对"施华洛世奇"的热衷。但无论是高端酒店，还是昂贵饰品，它们都是我们这个时代令人钦羡的符号，具有共同的本质。周李立的小说不约而同地又着眼于类似的事物与同样的问题，足可见出症候的严重。

与表姐相反，小说中的"我"却只是一位大三女生，而且是一位既不同流于社会，也不合污于校内风尚的本色女孩。这些方面，正如她所自承的："我在北京那所因美女如云而显赫的大学里的生存，同样不被任何人关注，我其实也很孤独。但至少我住在学校，每天可以看见无数同龄人如何花枝招展地让校园热气腾腾。"在"花枝招展"的同龄群体中，"我"不仅"孤独"，而且对"自我"所不认同的一切，还有着可贵的坚持与拒绝。那些"招展"的"花儿"们"她们在白天的课堂上涂指甲油，或者用各种颜色指甲盖的手指劈劈啪啪发短信。黄昏时分，她们穿上高跟鞋和亮闪闪的裙子，坐进在校门外停泊已久、专为她们而来的某辆豪华轿车里"，而"我"却对那些豪华轿车的品牌一无所知。"我"很坚定地固持着自我，固守着自我的尊严——"我多数时候都是一个人。我拒绝老师和同学们的善意，在他们试图进入我的世界的时候，表示坚定地拒绝——没有什么是不需要付出代价的。我宁愿继续贫寒，吃食堂最便宜的菜，独自去超市买面包和咸菜，把一件打底衫穿到变形松动又毫无保暖效果，我也不要付出一丝代价。我告诉所有人，我这样挺好的，你们不要理我。但心里却很为自己的不近人情而感到不堪。我只是懒得生活，懒得应付，懒得费劲心机去维持自尊，倒不如安于现状，继续做个让所有人叹息又同情的人。""我承认我生活的拮据。我需要费尽心思地申请助学金，以及算计哪一项奖学金拥有最高的性价比。哪怕如此，哪怕我并没有一个施华洛世奇或者其他更便宜一些的品牌首饰，我也没羡慕过她在物质上的优越。我觉得我们就像动物世界里的两个物种，你有长鼻子，但是我的脖子长。我们的骄傲大相径庭，因而相安无事。"

就是这两个在多方面全然不同的表姐妹，周李立安排她们一道出行，因此便产生了一系列戏剧性的冲突——一些被写得非常生动、扎实的心理冲突和行为冲突，这些冲突并不算激烈，有时还显得相当微妙，但是价值观念的分野以及作家循此展开的对于时代性的精神症候和价值畸变的嘲讽与批判，却表现得非常明确。比如她们在吃饭的时候，在面对水晶的时候，她们的行为表现和她们的对话，分明透显出她们的不同。周李立在小说中特意设计了"我"的疯子母亲的故事，并将表姐与"我"母亲之间建立起精神性的继承关系。小说写道："我不得不承认，她的确继承了我妈妈的一些特质，比如永远弄不清自己的年龄，任何时候都红艳的嘴唇，还有永远和季节不协调的衣服。她爱那个男人，爱得死去活来，数度分分合合。我怀疑她自己也闹不清应该如何对待感情。这也像我妈妈，我妈妈的疯狂和死亡，他们告诉我，都是因为男人——对男人的满足与不满……"这样的设计，使小说的主题很自然地获得了纵深，让我们对妈妈和表姐一类女性们的命运作更深远的思考，作家的女性意识和对女性的忧心与关切显而易见。

周李立厌弃那些浮华与虚假的东西，所以她以"我"来质疑、嘲讽、抗拒和批判妈妈和表姐们的精神与生存。表姐钟爱着她本质上就是玻璃但却是世界名牌的"施华洛世奇"人造水晶，并且精心呵护，时加摩挲，而对真正的水晶不屑一顾。与其相反，"我"的这次出行，却以对水晶的发现与惊喜而重新获得了生命的信心与爱的启示。妈妈和表姐们的生活与经历曾经让"我"幻灭于爱情甚至亲情，认为"这世上最美好的亲情与爱情，最美丽的青春和年华，都是虚假的"；她质疑和嘲笑一首叫作《水晶》的爱情歌曲——"我和你的爱情。就像水晶，没有孤单秘密，干净又透明"……"哪里有什么干净又透明的爱情？我不相信"——"干净又透明"，这我们每一个人都无比向往的爱的境界与人生境界在周李立的笔下又一次得到了昭示与强调，我们晦暗不明的世界和晦暗不明的生存，也又一次得到了拷问。是的，正如小说的结尾所写的，"我"悄悄地买下了水晶——"现在，我有了自己的水晶，我用自己的体温在温润它，它不是施华洛世奇，但它天然"。这近乎是童话般的欢呼不仅属于小说中的"我"，来自于"我"的内心深处，无疑也属于周李立，来自于周李立的内心。我们和作家与"我"一样，在小说的最后，都找到了水晶，终于找到了一枚属于自己的水晶。"水晶"——这"干净又透明"的事物，诗一般地通过周李立的小说进驻我们的内心。在这个意义上，《东海，东海》，不也同样是诗?!

个体困境的探究与揭示
——鲁敏论

鲁敏是二十一世纪以来的中国文学中出现的一位很有代表性的重要作家,她的很多作品,都受到人们的关注与好评,也曾经被很多学者和批评家们分别从不同的角度作过讨论。我这里想关注的,是鲁敏笔下的那些形形色色的人们,作为一个又一个活生生的个体,他们在鲁敏的作品、在鲁敏为他们所设置的当代中国的历史背景中,怎样生活与挣扎,复又具有深深的关联?在我所读过的关于当代中国的精神与生存的文学书写中,鲁敏的作品颇为独特,鲁敏的关切、鲁敏的叙事和鲁敏的精神立场,都与大家颇为不同,她的写作,又具有怎样的意义?

二十一世纪以来,随着中国社会的历史转型和中国经济成就的取得,对于当代中国的观察与研究,成了中外学术界的一个研究重点,某种意义上,"当代中国研究"已经成了一个非常热门的世界性的学术领域。我和很多同行一样,不仅处身其中,也对国外的研究时有留意。我以为在其中,有一批在乌尔里希·贝克的个体化理论启发和影响下所展开的关于当代中国个体化问题的研究，非常值得关注。① 因为我认为，不管是在怎样的意义上，个体问题都应该是一个国家、一个民族和一个社会的根本问题。一个又一个活生生的有血有肉的生命个体，应该是我们思考一切问题的最根本的出发点。这些年来，就我个人的思考和感受而言，再宏阔的战略构想、再伟大的丰功伟绩、再高明的理论学说和再怎么样令人震撼的经济奇迹，如果不关乎或不能落实为民众个体的自由与幸福，不利于他们精神的健全，那其意义和它们的价值，都非常可疑。所以在这样的意义上，我对上述研究所具有的问题意识充满敬意。但是在另一方面，这些研究的基本结论，即它们以"个体的崛起"这样一种颇为乐观的概括来把握和判断当代中国的个体化问题和个体的状况，却为我所远不能同意。社会学家和人类学家们哪怕是最为深入的民族志研究和田野调查，可能都难以抵达小说家所曾和所能抵达的个体的深处。当代中国个体的真相和他们的真实命运、他们精神与生存的真正状况，无疑离不开文学的揭示。在"经济学"和"社会学"的方法之外，"文学"的方法，也许更能够帮助我们深入地去探究当代中国的个体化问题和个体状况的内在真相。这是文学独特的方面，也是文学应有的意义和它的使命。正是在这样的意义上，鲁敏的小说非常突出地体现了它的价值。

---

① 这些成果翻译过来的主要有挪威贺美德、鲁纳编著的论文集《"自我"中国——现代中国社会中个体的崛起》（上海译文出版社2011年11月版）和阎云翔的两部专著《私人生活的变革：一个中国村庄里的爱情、家庭与亲密关系》（上海书店2009年1月版）、《中国社会的个体化》（上海译文出版社2012年1月版）等。

一

鲁敏小说大部分的历史背景都是改革开放时代的中国,她的创作,具有非常自觉的历史意识。但是她的历史意识和她对历史的处理,又有着自己的特点。她曾自陈自己的"想法是,'史'是必须的背景,是环境与基调,但我会以加长的'特写'镜头,把当中的人物、他们的表情、细部的动作拉到最前面,紧贴着,听人物的呼吸。我非常重视'史',但会把'史'设在后台"①。在她的作品中,被设置于后台的历史并非仅是虚设,而是与被"特写"的那些人物息息相关,甚至会在根本上决定人们的命运,历史便成了一个个个体,成了芸芸众生无以选择的宿命与囚笼。

鲁敏的《六人晚餐》《伴宴》《铁血信鸽》《惹尘埃》《死迷藏》和《不食》都在不同的方面和不同程度上书写了我们的当代历史。《六人晚餐》在二十多年的历史背景上讲述了两个普通的工人家庭六口人的生活与命运,尤其写到了那场规模空前的企业改制和工人下岗;《惹尘埃》和《伴宴》,则都是写市场化的时代给肖黎和宋琛这两位坚持着自己"个体守望"的道德主体所带来的困窘。② 实际上,鲁敏的《死迷藏》《铁血信鸽》和《不食》等作品,已经自觉和不自觉地涉及了当代世界的重要问题,即乌尔里希·贝克在他的一系列著述中所一再提出的"风险社会"以及其中的个体化问题。在《铁血信鸽》中,为了自己的个体生

---

① 舒晋瑜:《鲁敏:写作把我从虚妄的生活中解脱出来》,《中华读书报》2012年11月2日。
② 鲁敏:《我以虚妄为业》,河南文艺出版社2014年9月版。

命,穆先生的妻子以一种积极进取和摄取的方式,疯狂投身于五花八门的养生热潮;而《不食》中的秦邑,为了避免各种各样的饮食风险,则与其相反地采取了步步后退的方式,终至停止正常的饮食,成了一个植物人。《死迷藏》中,老雷终日焦虑于随时会降临的意外死亡,非常荒唐地心系于全家的"寿终正寝",突出显示了风险化时代个体生命的惶惶不安。在此方面,正如他对同事所指出的:"可能大家都比我有本事,比我眼界高,比我想得开,可以笃笃定定,无所谓生命的危在旦夕,可我真做不到……说一千道一万,反正我没别的,就是想我们一家子能够寿终正寝、有交有代地跟人间告别,就像一株草一棵树什么的,开花、结果、枯萎,体验到春夏秋冬,一个完整、自然而然的过程。这样,我也就满足了。"这几篇作品对已然转型了的社会历史状况中个体生命的新的困境和他们所面临的新的问题,表现出一种难得的敏锐。

二

鲁敏的很多小说写的都是家庭题材,应该属于"家庭小说"的范畴。但她的小说,又绝不只是类型小说。在鲁敏的家庭小说中,家庭本身经常被质疑,它很少被作为温暖、安详和值得信赖可以作为安顿的"港湾"来被书写。家庭和家庭所包含的家庭伦理,也经常会因为种种病态或种种残缺,不仅使个体陷入宿命般的困境,而且还在不同的方面伤害着个体,不断地构建和生产着残缺的个体。

鲁敏少时失怙,父亲的早逝和他独特的性格与经历对鲁敏的创作有着非常深刻的影响，这在鲁敏小说的基本主题、情感基调和叙事模式等方面，都能明显地看出。比如，她的《此情无法投递》《风月剪》《墙上的父亲》和《六人晚餐》等作品所径直书写的，就是几个"丧父"家庭的生活与命运。在这样几个残缺的家庭中，我们所痛心地看到的，是一个又一个少年艰难的成长。那些个体，那些原本纯洁与无辜的童真的个体，正是因为不幸遭遇了"丧父"的命运，各自处身于残缺的家庭，才丧失了正常的成长，变成了一个个残缺的个体。《此情无法投递》中的斯佳，正如小说中所写到的："父母离婚，母亲常年在外，与继父同一屋檐"，"从八岁到十八岁，一年中的大部分时间她都与继父单独生活在一起"，这不仅造成了斯佳异常畸形的对于继父的"恋父情结"，形成了她的早熟，还因此在一定程度上使她成了陆丹青悲剧的重要诱因，斯佳自己也成了一个畸形的和悲剧性的个体。而《墙上的父亲》，则写尽了丧父家庭的种种艰难与不易。父亲的早逝，不仅使王蔷一家的生活迅速陷入困顿，更是改变了王蔷与王薇姐妹俩的价值观念、生存方式与性格特征：姐姐王蔷完全放弃了一个女孩对于爱情的纯洁追求，满心功利地想通过婚姻这个唯一的途径来改变家庭的窘境；妹妹王薇则一方面养成了偷窃的习惯，另一方面又病态地贪吃。两个原本应该在父亲的钟爱与呵护下正常成长的女孩，却变得如此地不洁和不堪。鲁敏的写作，道尽了辛酸。《六人晚餐》中，与这种辛酸非常相似，比如在小说的开头，就有一段这样来写晓白的文字："想想那个场景……放学路上，一个只有书包敲打屁股的胖孩子，没有任何同伴，即将回到的家里，零落而不健全——没有爸爸！妈妈苏琴女士难以捉摸！姐姐晓蓝只顾埋头用功！晓白转动他看不见的短脖子张皇四顾,感到一种缺胳膊少腿的残疾感。……真的,他可怜得像个臭虫,他完全就是个孤儿。世界上这么多人这么多家啊,为什么他没有?"这种孤儿般的残疾感不仅一直伴随着晓白的成长,也造成了他人格的残疾——正如小说中所说的,他很可悲地并未成长为一个"像样子的男人"。

实际上,除了"丧父",鲁敏还写过一些"丧母"的家庭。《六人晚餐》中的丁成功和珍珍,《博情书》中那个"恋母"的"动漫男孩"。或者是母亲去世,或者是因为父母离异,都失去了自己的母亲,他们的成长,因此也都不同程度地充满了艰难,他们的性格,也有诸多病态和变异。但是鲁敏对家庭的思考,和她对个体在家庭生活和家庭伦理中处境的探究与表现,并未仅仅停留和局限在对家庭残缺的书写上。她并不仅仅简单地认为只有那些"丧父""丧母"的家庭才有残缺,某种意义上,她认为残缺就是人的生存和人性的本来面目,只要是人,就会有残缺,就会有人性的种种局限。她在接受一次采访时曾经指出:"真正写起小说,可能跟我家里的一些变故有关,也跟我对复杂人性的探求有关,对虚妄生活的恐慌有关。每一个人,他的身份、语调、笑容并不真像我们所看到的那样,目光所及的外表之后,他们有着另外的感情和身世,每个人都有一团影子那样黑乎乎的秘密,我渴望寻找一条绳子,把我从虚妄的生活中解脱出来,同时进入人们的秘密,进入命运的核心。"[①] 很是明显,鲁敏非常自觉地超越了一己之经验,将她探究的目光深入进我们生存与人性的深处,

---

[①] 舒晋瑜:《鲁敏:写作把我从虚妄的生活中解脱出来》,《中华读书报》2012年11月2日。

试图从那里去发现一些核心的秘密。这样的秘密，在鲁敏小说中表现得最为突出的，就是她所称之为"暗疾"的东西。这些暗疾，有的是鲁敏所说的一些表面上也许不为人知的"一团影子那样黑乎乎的秘密"，有的则是人物的一些"另外的感情和身世"，更多的时候，则是指人性。从鲁敏的小说中，我们发现，对于人的家庭来说，人性的暗疾是远比"丧父"和"丧母"更加常见和更加普遍的"残缺"，在这样的意义上，每个家庭都可能残缺，都可能因残缺而致患于其中的每一个个体。这样一来，个体在各自的家庭所面对的，就是他将经常面对和包围着他的各种暗疾，这也是每一个个体都宿命般地深深陷入而难以摆脱的困境。

鲁敏的小说写过人们奇奇怪怪的很多暗疾，有的为我们寻常所习见，比如《铁血信鸽》中那位妻子的热衷于养生；有的则显得荒诞、偏执与痴狂。鲁敏经常通过夸张、变形、超现实或寓言化的方式将人们的暗疾推向极致，更加深刻地探究与揭示人性的幽暗。在一篇题目就叫《暗疾》的小说中，鲁敏就很集中地专门写了梅小梅一家各自的暗疾。梅小梅的父亲除了具有浓重的口音，还经常会发生突然的呕吐，"在最不该呕吐的时候突然发作"；她的妈妈，则是病态地要逐日记下家庭成员的每一笔开销；而与他们共同生活的姨婆，却整日地为便秘困扰，无论是与家人，还是与邻居，抑或是与家里的来客，都几乎是不分场合地讨论着大便问题。小梅的相亲，便被这一切所一再搅扰，终至大龄。不过颇为讽刺的是，梅小梅自身实际上也有暗疾，她的执迷于购物与退货，其荒谬与严重，丝毫不亚于她的父母与姨婆。而终于和她一起走向婚礼的似乎"没脾气没怪癖没破绽""人好得没法说"的黑桃九，也在婚礼上原形毕露，暴露出他的暗疾。

《暗疾》中的每一个人，都患有暗疾。在由这些患者们所组成的一种叫作"家庭"的伦理空间和共同体中，最不缺乏奇特的戏剧性，严重匮乏的，倒是每一个个体本应具有和希求的健全、幸福与安顿。《暗疾》是鲁敏书写人性与家庭暗疾的代表性作品，她的其他作品，如《风月剪》《六人晚餐》《博情书》《惹尘埃》《月下逃逸》《不食》《谢伯茂之死》《铁血信鸽》《死迷藏》和《字纸》等，对于暗疾的表现也非常丰富，让我们叹为观止，很充分地显示出了鲁敏探究的热情与执着，显示出她独特与深刻的发现。

三

在包括家庭在内的各种亲密关系中，两性关系无疑有着特别的意义。鲁敏很少写两性间的柔情蜜意和儿女情长，很多时候，她都是一个"狠心"的作家。个体在两性关系中的处境，经常被她写得充满理性，甚至不时地会闪现出寒意。对于她笔下的很多男女，爱情或婚姻，实际上和家庭一样，都不过是他们的困境。他们深陷于婚恋之中，淡漠、冷血、虚伪、欺骗、挣扎与逃离，艰苦博弈。像在长篇小说《博情书》中，林永哲、伊姗和夏阳、央歌两对夫妇各怀心事，在厌倦于婚姻的同时又各自出离。在林永哲与伊姗之间，先是林永哲耽于独处，伊姗沉迷韩剧，他们隔膜地共处于丧失了生机的婚姻之中，接着，林永哲遇央歌，伊姗也与那个缺少母爱的"动漫男孩"弄出了一段不伦之恋。夏阳与央歌间，夏阳禁不住兄弟们的蛊惑，跃跃欲试后终于下水，却又因为案发受处后身背"巨债"，走上了网络敲诈的歧途。而央歌，则一边以"矜持者"的化名活跃于博客，另一方面，又与林永哲进进退退地发展着一场奇特的恋情……鲁敏以她出色的叙事才能，盘根错节，虚虚实实地将现实生活与虚拟的网络世界穿插勾连，编织出几多扑朔迷离的时代"博情"。她以毫不留情的探究者的目光，逼近和揭示出每一个个体婚姻中的处境。在婚姻生活的日常和表面，原来潜伏着那么多的污糟与不堪。

在两性关系中，既然婚姻如此，那像《博情书》中的人们以不同的方式纷纷投身的情爱关系又将如何呢？《取景器》和《细细红线》是鲁敏专门探讨和表现爱情问题的小说。《取景器》写的是一位厌倦了乏味的妻子和乏味的家庭生活的中年男人出轨与回归的故事，鲁敏以她独有的方式直逼灵魂，层层剥笋地将这一常见故事讲述得曲折有致，深具内涵。故事之初，小说中的"我"正"与寂寞进行殊死搏斗"，处于一种严重的精神危机中，"常常的，跟众人一起吃饭、喝酒、玩乐，一切如常之际，我会突然呆滞失神，感到莫大的虚无——这些说笑之词、酒肉之词，有什么意义呀！我梦想着能有一些劳心伤神、惊心动魄的谈话，像大脑在搏击，而不是这些毫无质量、随时可以删减的日常对话……"，"失眠症像钉子一样，在头顶上越钉越深，漫长的煎熬如同地狱。而妻子，我拥有无上名义的枕边之人，却熟睡得像个圆滚滚的土豆！她的睡眠令我憎恨到极点，……好像正是她过分香甜的睡眠加剧了我对她爱意的流失，像水土流失，使日子更加浑浊"，这个"我"，他已无法忍受乏味和琐屑的生活。因此在与女摄影师唐冠相遇后，自以为找到了灵魂的伴侣，但是随着他们的交往，他们间的裂隙也终于出现——"就算我与唐冠已经同床共枕，无话不谈，灵魂高度交融，但有些暗疾，……再好的风月也解决不了"，他们的交流发生了障碍。这样的障碍与裂隙，正如作品中所写的："第一次与唐冠出现交流上的障碍，几乎可以忽略不计，但男女之间，这种关系实在微妙，如若有所罅隙，就像青瓷瓶上的一个极小的裂缝，反而会让当事人更加在意，每次举起那瓶子，都要在小裂缝处反复验看，心怀惴惴"，更大的裂缝便会"接踵而来"……

就是这样，鲁敏惯于以其外科手术般的无情，将她的笔变作一把锋利的手术刀，条分缕析地探询、撕扯、翻检、查看，伴以她在两性关系方面洞悉一切的先知般的语调，有同情，亦有反讽，有条不紊和极具耐心地将叙事沉着推进，在尽显了两性之间的种种情状和基本困境后，而将他们推至绝地，重新还原为两个荒凉的个体。《取景器》和《博情书》是这样，《细细红线》也是这样。当《细细红线》中图书馆管理员"红儿"出于仰慕、出于对自己丈夫的隔膜与厌弃，而很热切地与一个媒体名流交往许久后，不得不"接受这样一个事实：就算与他交往再多，她与他之间，真正的沟通与倾吐也永不会发生。她的热忱、对情感的最高期许，正是他决意要逃避的，就算这正是她最好的部分"。他们之间，永远都存在着"宿命的隔阂"。

四

鲁敏的小说通过对在社会历史和在家庭以至于两性关系之中个体处境的考察，也通过对每一个个体所常具有的"暗疾"的探究，揭示出个体宿命般的内外困境。但是她并不一味地悲观与绝望。一方面，她书写了很多困境中的坚持和困境中的突围与反抗。比如《伴宴》，她就写了琵琶演奏家宋琛在市场化时代坚持自己的"个体守望"的不愿媚俗，《惹尘埃》也写了肖黎俗世中的独立自持。实际上，像《此情无法投递》中的陆仲生、《风月剪》中的宋师傅、《谢伯茂之死》里忠于职守的李复，特别是《镜中姐妹》《月下逃逸》《逝者的恩泽》《墙上的父亲》《六人晚餐》《风月剪》和《取景器》中隐忍操劳的母亲们，都在各自的困境、甚至是炼狱之中不无辛酸和近乎执愚地艰苦坚持，读来令人唏嘘与动容。鲁敏的小说经常会使用"逃离"模式，讲述个体对困境的逃离。《风月剪》中的小徒弟、《六人晚餐》中的晓白与晓蓝、《镜中姐妹》中的大双、《月下逃逸》中蓝妮的哥哥、《纸醉》中的大元、小元和开音，还有《博情书》《取景器》《细细红线》等作品中的出轨人士，无不是对原有困境的逃离，虽然有些逃离最后还是以失败与回归告终。鲁敏笔下的逃离，以《铁血信鸽》最令人震撼。作品中的穆先生，因为实在难以忍受妻子似乎"正确的、进步的、符合时代的"生活方式，而奋身一跃，超凡逸尘地飞跃而去，与其说是逃离，毋宁说是突围与反抗。关于这篇作品，鲁敏曾经这样说过："这篇小说，也不知道最初起意于何处，反正就是胸中有一股绝望而挣扎的浊气，感到我自己以及我所认识的大多数人，或者说我们这个世界的大多数人，都被各种各样的'物化的生活方式'所淹没或勒索，对于精神的核心，我们简慢、毫无诚意，这么轻易地就撒手，听凭思想昏迷不醒、顺流而下——老天爷啊，这绝不是真正的、好的生活！"[①] 穆先生以其区区一己的个体生命抗击着时代，昭示给我们另外的生

[①] 鲁敏：《我以虚妄为业》，河南文艺出版社2014年9月版。

存，真正的、好的、有希望、有"精神"的生存。

鲁敏也写过发掘着我们人性的希望、人性的美的小说，她为我们揭示的人性，虽多暗疾，也有非常珍贵的美好。前面所说的很多作品困境中的人们，也时常会有爱与扶持，会有亲人在危难中的相濡以沫（《此情无法投递》《镜中姐妹》《六人晚餐》《墙上的父亲》等），但是在此方面最为突出的，还是她的《逝者的恩泽》。《逝者的恩泽》属于鲁敏的"东坝系列"小说，也是她以此建造的"一个人的乌托邦"中的代表性作品。① 在这篇作品中，鲁敏以其极擅使用的略萨所谓的"连通管"式的叙事结构，② 将两个家庭套嵌与勾连，一方面打开单一家庭的叙事空间，增强其开放性；另一方面，又增强了人物与伦理关系的复杂性，使作品的内涵与戏剧性多级倍增。《逝者的恩泽》确实有点鲁敏自己所说的"反现实主义"③ 的意味，它让一位死于"事故"的铁路工人陈寅冬在外面的私生子达吾提和他的母亲古丽忽然来到东坝，加入进自己原本在故乡的家庭，这个极易激发出人性之恶的故事，却被鲁敏"反现实"地写得极其动人，人性的光辉与人性的博大，反而使他们舍己互助、相濡以沫，无私地互施和互相领略着人性的恩泽。《逝者的恩泽》是鲁敏奉献给我们的一曲哀伤美丽的人性的诗篇！

---

① 鲁敏：《我以虚妄为业》，河南文艺出版社 2014 年 9 月版。
② 略萨：《给青年小说家的信》，上海译文出版社 2004 年 10 月版，第 140～141 页。
③ 鲁敏：《我以虚妄为业》，河南文艺出版社 2014 年 9 月版。

五

鲁敏对我们的个体生命和我们的人性有着深刻的体认,她的探究和她的揭示,实际上基于她的独特的文学观念。无论是对文学,还是对人性,鲁敏都有个体化的理解。个体化的文学观念与人性观念,是鲁敏的创作取得成就的关键性因素。鲁敏总是注目于人,注目于芸芸众生中的每一个个体。她曾经说过:"我不认为,在某个时代,人们共同经历了革命与杀头、改制与下岗、买房买车或是离乡打工,这就是公共经验与公共记忆,就代表了时代与人心,以我的理解,这其实是一种媒体化的、所见即所得的思路,而不是文学的价值或特质所在。广谱化、既代表时代又超出时代的经验,正是一些最基本的人类体验,比如,旧去新来,肉身与灵魂的矛盾,强权与个体自由,撕毁美好之物,性、爱、死亡、信仰的幻灭,对阶层与身份的追求或摆脱,等等,这些体验,在不同的个体,不同的地域、国度与时代里,会有不同的表现。而小说最终所呈现的,正是取之于时间大河的'小我'及周遭环境的样本,也即常言所谓的人物及其环境,不是环境及其人物。重点落于人物,而非环境。"① 那些"不同的个体"所具有的"广谱化、既代表时代又超出时代"的"最基本的人类体验",显然是鲁敏最重要的关切。正是循着这样的关切,鲁敏一方面探究和解剖着人性,像我们在前面所讨论的《博情书》《取景器》和《暗疾》等大部分作品那样,决不放过甚至是侧重于书写人性

---

① 鲁敏:《我以虚妄为业》,河南文艺出版社 2014 年 9 月版。

的"幽暗"①和人性的"可怜可憎与可叹"②处；另一方面，也会像《逝者的恩泽》那样，通过建造其"一个人的乌托邦"而"委身于善"③，努力书写人性的美好。于此我们便发现，鲁敏的文学观，本质上还是属于启蒙主义的文学观。她在谈到自己的"暗疾系列"侧重于揭示人的暗疾时，曾经指出："N种狂人、病人、孤家寡人、心智失序之人、头破血流之人、心灰意冷之人，进入了我的小说，我毫不回避甚至细致入微于他们的可怜可憎与可叹，而他们的病态每增加一分，我对他们的感情便浓烈一分。我深爱我的这些病人，以致舍不得他们遭遇非议甚至遭遇非命。因为我是他们当中的一个；我病得同样的久、同样的深……"④——还需要我作怎样的引述呢？我们这里所看到的，显然是一种像鲁迅那样的一方面"哀其不幸"，另一方面又勇于自剖的启蒙主义的文学观念。鲁敏的《此情无法投递》和《六人晚餐》等很多小说，都曾写过青少年的悲剧和他们的艰难的成长，这与鲁迅百年以前"救救孩子"的呼声不正类似？特别是在《此情无法投递》中，那个许多年前已经被"严打"处决的孩子，又如何得救？！这些年来，在启蒙主义写作似乎式微、似乎溃败、似乎已然不再的悲观境况中，鲁敏的写作，从自己独特的个体经验和独特身世出发，切实探究和揭示出当代中国的人性状况和个体的多重困境，不仅以其相当可观的文学创作体现了启蒙写作的当下实绩，从而使其置身于"五四"以来启蒙主义的文学与精神

---

① 鲁敏：《我以虚妄为业》，河南文艺出版社2014年9月版。
② 鲁敏：《我以虚妄为业》，河南文艺出版社2014年9月版。
③ 鲁敏：《我以虚妄为业》，河南文艺出版社2014年9月版。
④ 鲁敏：《我以虚妄为业》，河南文艺出版社2014年9月版。

谱系中，还为我们提供了继承与发展启蒙主义的重要经验。无论是"掊物质而张灵明，任个人而排众数"，还是"立人"与"立国"，在启蒙主义的历史使命中，我们的首要任务，就是要"不得有误"地紧紧盯住我们的精神与生存，揭示出个体状况的基本真相，只有在这样的基础上，我们才不会过早和过于乐观地得出"个体的崛起"这样的结论，① 而是把它真正可靠地作为指归，实现于未来。

---

① "个体的崛起"这一概括虽然也指出了比如"个体主义的缺席""个体与集体若即若离"和"个体的国家管控"等问题，但其呼应于经济"崛起"的表述方式和它对个体精神层面的忽略，值得我们进一步讨论。

《二十一世纪中国文学大系（2001—2010）》前言

《二十一世纪中国文学大系（2001—2010）》凡十三卷十八册，经过各位同仁的共同努力，终于面世，无疑是中国文学界的一件大事。

二十一世纪的第一个十年，中国文学发生了非常巨大的变化。这些变化，首先表现于它的世界性的历史处境。2001年发生于美国的"911事件"对于世界格局的改变，无论是在政治、经济和军事方面，还是在精神、思想、文化和意识形态方面，都非常巨大。也就是在这一年，中国经过不无艰苦的努力与谈判，终于加入了"WTO"。这一事件对于中国社会和中国经济的影响自不待言，其对我国思想文化界的影响，实际上也非常深刻。二十一世纪的中国文学，就发生和发展于这样的世界背景，并且和这样的背景发生着或显或隐的内在联系。

在中国内部，二十一世纪以来，中国大陆对于世界体系的进一步融入和改革开放在多方面的拓展与深化，市场化社会和消费社会的初步形成，媒介文化特别是网络文化的不断发展与发达，文学体制包容性的扩大和评奖制度的调整，以及中国台湾开始于上世纪末的政治转型，香港和澳门分别于1997年和1999年对祖国的回归，都不仅使中国各个区域的社会、政治、经济与文化发生了变化，它们之间的文学与文化关系，也与此前大为不同，这些"变化"和这些"不同"，二十一世纪以来表现得尤为迅猛、尤为突出，文学处身其中，无论是主动被动，还是直接与间接，自然与它们深切关联。在这些关联中，我们关注最多和感受最深的，就是我们的文学——具体地说，就是我们的作家、诗人，我们的文学批评家、文学研究者，和我们的文学翻译家、文学编辑与文学出版工作者等等——都力图以他们的劳作去书写、把握、追问、反思与介入我们的时代。我们这个时代和我们这个时代广大民众的精神与生存，在我们的文学中得到了异常丰富的表现。

二十一世纪以来，我们的文学潮流迭起、异彩纷呈，老一辈作家坚守良知，佳作不断；中年作家们勇猛精进，成就卓绝，殊为我们文学时代的中流砥柱；青年一代，也都姿态各异，身手非凡。二十一世纪以来，我们出现了那么多非常杰出的作品。我们的文学在精神特征、话语表达，在价值、美学和艺术策略上既有坚持，又有新变，在文学史的意义上，已经构成了一个相对完整和相对独特的文学时代。这个时代虽仍在进行，但我们有理由相信，它的未来必定宏阔，必有大成。因此，为了全面、系统和较为及时地总结二十一世纪第一个十年的中国文学，对这一时期中国文学的历史发展、基本格局和重要史料进行认真切实的梳理，并且遴选出其中的重要作家和重要作品，一方面为后人对这一时期中国文学的进一步研究和文学史编撰提供最具权威性的经典文献，另一方面，也为社会各界和广大读者提供一套权威性、系统性和集成性的大型选本，我们特邀请中国当代文学研究界的著名学者和著名批评家编选出版了《二十一世纪中国文学大系

（2001—2010）》。

我们的"大系",充分借鉴和学习了1935—1936年间赵家璧先生主编的《中国新文学大系（1917—1927）》以来各辑"大系"的历史经验,也据二十一世纪以来中国文学的基本特点,既有常规性的"理论批评""长篇小说""中篇小说""短篇小说""散文""诗歌""戏剧文学""杂文""报告文学"和"史料"诸卷,也专门设立了"翻译文学"和"随笔"卷,在文学史的意义上强调和突出"翻译文学"对于汉语文学的重要意义,也反映了二十一世纪以来"随笔"文体的持续兴盛。我们希望,我们的"大系"在学术精神既能对前辈上有所承传,也能具有新的尝试和新的开辟。

《二十一世纪中国文学大系（2001—2010）》虽然较早地动议于2009年,并在南京师范大学出版社及有关部门的大力支持下迅速启动,纳入了江苏省"十二五"期间的重点出版规划,也获得了我们学术前辈的热情鼓励与肯定,但是,为了保证编选工作的客观性与严肃性,为了这项浩大的"学术工程"所必须具有的时间距离与时间的沉淀,我们在二十一世纪第一个十年的中国文学结束几年后方始推出。各卷主编作为在中国现当代文学研究界与文学批评界都极活跃与非常著名的学者与批评家,工作繁忙,屡多要务,而能戮力同心地沉潜数年,共襄盛举,真的应该深深感谢。昔者赵家璧先生在其《中国新文学大系（1917—1927）》的"前言"中曾经说过:"我们相信新文学运动第一个十年间许多英雄们打平天下的伟绩,是值得有这样一部书,替他们留一个纪念。现在我们做成了,我们觉得了却了一件心愿!"对于我们这套"大系"来说,值得纪念的,除了我们的很多作家、诗人、批评家和翻译家们的文学"伟绩",还有我们的前辈与我们的同仁们对"大系"所付出的很多热情、很多心血,正是在这样的意义上,我也非常想说:"现在我们做成了,我们觉得了却了一件心愿!"我们希望,在二十一世纪第二个十年行将结束的时候,我们的文学必将取得新的"伟绩",我们的文学研究界与批评界,也必将有一次新的集结。

回溯与展开
——2015年的中国诗歌

二十一世纪以来,中国诗歌进入了一个常态化的"诗歌时代"。2015年的中国诗歌,基本上也较为寻常,并未发生什么非常重大或根本性的变化,要想对它作某种概括,似乎也殊为困难。但是在另一方面,如果我们较为冷静地透过这一年里中国诗歌的种种表象,透过它的喧哗与骚动来做认真深入的清理,就会发现其中还是有几个非常值得我们重视的方面。2015年,随着新诗百年的日趋临近,新世纪又进入了它的第十五个年头,因此在频频历史回溯的同时展开我们的诗歌实践,便成了2015年中国诗歌的基本特点。

充满活力的诗歌文化

二十一世纪以来的中国诗歌发生了较为深刻和明显的历史转型,这一转型的重要标志,就是它在创生着丰富多彩和充满活力的诗歌文化。2015年中国的诗歌文化,在诗歌的制度文化、节庆文化、出版文化、网络文化和诗歌与其他艺术门类的结合与"跨界"等方面,都有颇多新的实践。

在诗歌的制度文化方面，以各级作协和其所属的"诗歌学会""诗歌委员会"等为主的体制性的诗歌制度开展了大量工作。2015年12月9日，长期支持诗歌事业的著名企业家和诗人黄怒波递补当选为中国诗歌学会的新一任会长。作为二十一世纪以来创生与发展出的诗歌制度，北京师范大学、中国人民大学和首都师范大学等高等院校的"驻校诗人"制度继续发展与完善，翟永明、陈育虹和冯娜分别入驻三所高校，首都师范大学还专门召开学术会议，回顾和总结由其在中国首先创设的这一制度。"驻校诗人"制度以学院为主体，突出了诗人遴选的学术标准，其对我国诗歌制度的拓展与创新做出了有益的探索，对于丰富与活跃我们的诗歌文化特别是大学文化中的诗歌文化，也开启了新的可能。

作为诗歌制度文化的重要方面，2015年中国的诗歌评奖种类繁多，相当活跃，各种各样的诗歌奖计有100多种，较为重要的如"华语文学传媒大奖·年度诗人奖"、青海湖国际诗歌节"金藏羚羊国际诗歌奖"和"中坤国际诗歌奖"等，分别颁发给了诗人沈苇、亚历山大·库什涅尔（俄罗斯）和邵燕祥。在此方面，我以为由诗人黄礼孩所主办的以一人之力坚持多年的"诗歌与人·国际诗歌奖"特别值得肯定。1999年，黄礼孩于广州创办民间诗刊《诗歌与人》，迄今已出版40余期，在国内外诗歌界很有影响。2005年，《诗歌与人》开始设立"诗歌与人·诗人奖"，每年一届。这一奖项，因为2011年4月所授予的第六届得主、瑞典诗人特朗斯特罗姆同年十月也获得了该年度的诺贝尔文学奖，颇获声望。2014年，该奖更名为"诗歌与人·国际诗歌奖"，颁发给了波兰诗人亚当·扎加耶夫斯基，2015年的第十届，又颁发给了美国诗人丽塔·达夫和我国诗人西川。这一奖项的成功充分说明，即使是一个个体，他的文化创新的潜能一旦被激发，也能释放出不可小视的文学、文化甚至是制度性的正能量。

2015年，中国诗歌的节庆文化也非常发达。仅仅是从见诸媒体的许多报道中，我们就能发现，2015年在全国各地举办的形形色色的"诗歌节""诗歌朗诵会"和"诗人雅集"等活动，就达千种。这些活动，对于活跃我们的诗歌文化，营造社会的诗歌氛围，传承和接续我们这个民族爱诗、读诗的文化传统，无疑都有重要意义。但是在另一方面，由于这些活动都需要投入大量的人财物力，成本太高，如何避免它的过于泛滥和它对诗人创作心态的负面影响，如何集中力量，打造出我国一两个标志性的，具有很高水准、有利于扩大中国诗歌世界性影响、促进中外诗歌文化与诗歌文明交流互鉴的国际诗歌节，是我们诗歌的节庆文化工作亟待解决的重要问题。

2015年的中国诗歌在印刷/出版文化方面成果丰厚，最具标志性的就是三联书店和华东师范大学出版社分别出版了均为九卷本的《北岛集》和《杨炼创作总集》，对北岛和杨炼这两位诗人的创作道路作了系统性的回顾与总结。在这两部个人"总集"外，2015年值得注意的个人诗集还有《芒克诗选》（芒克）、《潜水艇的悲伤》（翟永明）、《大是大非》（欧阳江河）、《为你消得万古愁》（柏桦）、《韩东的诗》（韩东）、《杨克的诗》（杨克）、《骑手和豆浆》（臧棣）、《山水课》（雷平阳）、《新疆诗章》（沈苇）、《梦蛇》（田原）、《灰光灯》（王寅）、《词语中的旅行》（马永波）、《侯马诗选》（侯马）和《故国》（曾蒙）等。几乎是不约而同地，2015年，不同代群的诗人纷纷都以出版诗集的方式对自己的创作进行较为全面的追溯和总结。这一倾向，还很突出地表现在我们2015年集中出版了以往介绍较少的一些台湾老诗人的诗集，如周梦蝶的《鸟道》、向明的《外面的风很冷》、杨牧的《杨牧诗选1956—2013》、张默《张默的诗》、碧果《碧果的诗》和管管的《管管闲诗》。2015年，中国诗歌的"选本文化"也颇有特点。除了几种连续出版的年度诗歌选本，洪子诚、奚密主编的《百年新诗选》和何言宏主编的《21世纪中国文学大系（2001－1010）·诗歌卷》等，均对百年以来或新世纪以来的中国新诗作了系统性的回顾和遴选，中国作家协会还启动了《中国新诗百年志》的大型项目。

　　诗歌微信传播的兴盛是2015年诗歌文化中的重要现象。无论是年初的"脑瘫诗人""余秀华现象"，还是后来马永波诗集《词语中的旅行》等所发起的网络众筹，微信传播都在其中起到了关键作用。2015年，不同的组织、机构、个人或同仁申请设立了大量诗歌类的微信公众号与平台，形形色色诗歌类的微信群也纷纷建立。"为你读诗""诗人读诗""读首诗再睡觉"和《诗刊》社的微信公众号等都有着相当巨大的订阅量，"为你读诗"还快速做大，形成了较有规模的产业。有些刊物充分开发与利用微信传播的独特功能来发起研讨、组织活动、促进交流，广泛联络作者与读者，以进一步扩大刊物的影响，像《诗刊》社的微信公众号由于拥有高达19万的订阅量，刊物的受众面与阅读量大幅递增；内蒙古的《鹿鸣》杂志还率先利用自己的微信平台综合根据作品的点击量、读者投票和专家意见等，评选出了唐月的《阴山行》等优秀的年度最佳诗歌作品，引发了微信评选的一股热潮。

在 2015 年中国的诗歌文化中，"诗歌＋艺术"也是一个很重要的现象。诗歌和其他艺术门类的跨界融合，在很多网络/微信空间、纸质媒体和地面活动中，都有非常丰富的体现。在"诗歌＋艺术"的大量实践中，深圳市文联"第一朗读者"活动的"诗歌＋戏剧"、上海民生美术馆"诗歌走进美术馆"活动的"诗歌＋美术"、程璧"诗遇上歌"的"诗歌＋音乐"、建筑设计师林江泉所倡导与实施的"诗筑主义"（Poetrachitism）、"诗邸"（PoeticHouse）中的"诗歌＋建筑"等，已在诗歌界与艺术界分别产生了很大影响。而《诗刊》《星星》诗刊、《诗歌月刊》《扬子江诗刊》和《诗江南》等诗歌刊物，更多地结合中国传统的书画艺术，一方面丰富与充实刊物内容，另一方面，还很切实和有效地挖掘和显示了许多诗人的书画艺术修养与才能，非常有利于中国新诗和诗人文化形象的塑造。

个体诗学的自觉追求

2015 年，不同代群、年龄和性别的许多诗人，都以他们的创作实践，体现出他们各自独特的个体诗学。

李瑛在老一辈诗人中至今仍保持旺盛的创作活力。我一直以为，晚年李瑛"生命诗学"的转向为我们的诗歌研究所长期忽略。在组诗《对生命的赞美》（《人民文学》2015 年第 8 期）中，李瑛一如既往地关切"生命"，无论是在一棵古树、一片青稞，还是在雄鹰身上，他都能发现"生命的尊严"和"生命的美"，李瑛晚年的"生命诗学"又一次在这些作品中得到了雄健和硬朗的体现。

作为"朦胧诗"人中的重要代表，2015年的杨炼不仅出版了前面所说的《杨炼创作总集》，还在其新作《画：有桥横亘的哀歌》（《上海文学》2015年第1期）和《永乐梅瓶》（《作品》2015年第11期）中，表现出他作为一个漂泊中的华夏之子植根于个体生命而又能够心系故国、关怀人类的流散诗学。不管是我国明朝的永乐梅瓶，还是西方画家鲁本斯的《阿马松之战》，都能引发出他在巨大的历史时空之中充分展开其宏阔抒情和深邃的历史思考。

柏桦自《水绘仙侣》以来一直提倡"逸乐美学"。2015年，在他发表于《扬子江诗刊》第3期和《山花》第12期的两组（《柏桦的诗》《春天之忆》）共计23首的诗作中，他的"逸乐美学"已经不仅表现在他对日常生活的耽溺与迷恋，和他对自然万物的精细体悟和把玩，而是演变为一种"至深的逸乐"——即"词语的逸乐"，在对包括自我在内的古今中外各种本事和文本中灵活自如地穿梭引证、自由互文，成了柏桦"逸乐美学"的最新尝试。

当下中国的诗歌界，有一批诗歌成就主要取得于二十一世纪的诗人，他们中如雷平阳、李少君、沈苇、胡弦、汤养宗、阿信、庞培、泉子和胡桑等人2015年的诗歌创作，个体诗学的建构与自觉都表现得非常明确。像雷平阳的诗集《基诺山》和沈苇的新版诗集《新疆诗章》，都有着非常突出的身份焦虑，表现出他们内涵不同的个体文化诗学。《基诺山》中的雷平阳，并没有像一些表面上与其相似的诗人那样过于简单地将自己安顿于某一文化、地域或某一族群，而是不断地"讨伐"和拷问自己，使诗人的自我日渐丰满、日渐复杂，不断获得新的深度与新的内涵。

这一特点，正如他在《基诺山》的"序"中所说的："我一直觉得，自己是这时代的一个偷渡客。价值观、文化观、审美观，我所奉行的往往就是我内心反对的，而我真正以文字竭力捍卫的东西，却又连说出声的勇气都早已丧失，我的身份缺少合法性、公共性和透明度，总是被质疑、被调侃、被放逐。"所以他在《基诺山》中的抒情主体，也正像他所写的那样，"早就生活在一场自相矛盾的闹剧中/是一个梦想偷渡又从渡口/退回来的人……"，置身于"天地之间，一个人守渡、摆渡，领受/昏天黑地的孤独"，"甘愿接受""一阵又一阵闪电的凌迟"，近乎成了诗人根本性的精神文化困境。不同于雷平阳，沈苇的身份焦虑主要来自于他对身份认同本身的警觉与思考，对于不同民族文化之间互相包容和睦相处的祈盼与倡导贯穿于整个《新疆诗章》。沈苇的诗歌和他的诗学观念强调个体，但又主张人类文化与文明的多元交融，相应于我们对人类命运共同体意识的积极倡导，沈苇的诗歌，将越来越显示出它的重要价值。

李少君常被称为是"自然诗人"，他的诗学可以概括为"自然诗学"。2015 年，李少君在《著名的寂寞》《自然之笔》《过临海再遇晚秋》（《扬子江诗刊》2015 年第 3 期）和《在坪山郊外遇萤火虫》（《花城》2015 年第 6 期）等诗作中，仍然载欣载奔地体悟自然，诗风率真，平易亲切。正如他在《著名的寂寞》中所写到的，"这个初春，我不是在饮酒/就是在窗前听春水暴涨"，对于自然的谛视与感怀，在他的诗中随处可见，刻未稍息。只是我注意到，李少君在 2015 年的诗作平添了许多寂寞与忧愁，他以往的明亮，也蒙上了不少荫翳与伤感。这样一来，他的自然诗学反而更加能够充分真切地表达其个体经验，他的个体诗学的特点与内涵因此也变得更加丰厚、更加明确。与李少君一样，胡弦也常感怀于自然，但他的诗风要更加激烈，也更奇崛与惊险。他常注目和留心于自然万物、山河故土，深究与体味日常生活和我们的文化与文明的历史遗存，表达出某种浩茫或沉痛的主题。他在刊发于《诗刊》2015年第4期（上）的组诗《白云赋》中，有一首自发表以来颇获好评的短诗《平武读山记》——"我爱这一再崩溃的山河，爱危崖／如爱乱世。／岩层倾斜，我爱这／犹被盛怒掌控的队列。／／……回声中，大地／猛然拱起。我爱那断裂在空中的力，以及它／捕获的／关于伤痕和星辰的记忆。／／我爱绝顶，也爱那从绝顶／滚落的巨石—如它／爱着深渊：一颗失败的心，余生至死，／爱着沉沉灾难。"胡弦的诗学，目前我尚无法命名，我很震撼于《平武读山记》中的抒情主体，一种上承老杜的孤绝与沉雄使他的诗学深厚独特，值得我们进一步去研究与把握。

在对2015年诗歌的大量阅读中，我注意到两位分别地处东南与西北的诗人汤养宗与阿信。汤养宗居福建霞浦，按照他自己的描述，"迷宫"般的结构和曲折"蜿蜒"地游走的语言是其诗歌的基本特点，所以我将他的诗学称为"繁复的诗学"。他的诗歌开合自如，想象奇特，词语与细节经常如闪电般地招之即来，并且在文本中增殖与弥漫，但即使如此，一个他常自嘲为"走投无路"的个体，从来又都清晰可辨地隐伏于诗中，构成着诗的核心。在发表于《人民文学》和《扬子江诗刊》2015年第1期的两组作品《致所有的陌生者》《汤养宗的诗》中，诸多诗句，如"看！走投无路的困兽就是我……"（《睡后书》）、"这几天愁闷／身上有鬼气，有点走投无路"（《癸巳清明，天阴酒浊，浑话连篇》）、"坐在家山我已是外人，无论踏歌或长啸／抓一把春土，如抓谁的骨灰"(《春日家山坡上帖》)、"这岁末,什么都看不住,也抓不住"(《癸巳岁末,过福宁文化公园》),等等,不断显示出这样一个体的基本情状。在汤养宗的个体诗学中,虽然词语无比繁复,他的个体主体性却更显示出令人揪心的不安与凄惶;与汤养宗不同的是,自称"甘南阿信"的诗人阿信,身处西北高原,日日面对的自然环境要远远恶劣于前者,但正是在这样的地理空间和自然环境中,阿信却有内心的镇定与安详。在发表于《诗刊》2015年第4期(上)的《那些年,在桑多河边》等诗作中,无论是从一座寺庙(《山间寺院》)、一丛野花(《词条:卓尼杜鹃》《安详》),还是从"一小片树林"(《一小片树林》)和"一座孤零零的小屋"(《那些年,在桑多河边》)中,诗人都能找到深切的皈依与认同,一种凝定与沉着的个体自我处处可见地存在于阿信的诗中。通过自己的诗歌写作来"寻找精神的皈依","寻找到自己""完成自己",是《诗刊》关于阿信诗歌的"按语"中所做的概括,我以为这样的概括非常精当,非常准确,也能突显出在这个个体自我无以安顿的时代阿信诗歌的意义与价值。

  实际上,像阿信这样通过自己的诗歌写作来表现个体自我精神安顿的诗人还有泉子。在泉子的组诗《在浮世》(《作家》2015年第2期)中,一种希圣希贤、对自己有着极高期许的诗学主体非常突出。泉子的诗学,应该被称为"心的诗学"。正是一个"心"字,构成了泉子诗学的核心内容。比如在这组诗的《诗人的心》中,泉子这样写道——"一片树叶落下来,大地以微微的震动作为回应。/是又一片,又一片片的树叶,/落下来,/落下来——/直到大地获得一颗诗人的心。"而在另外一首《凡心》

中，诗人又这样写道——"在对神持续的仰望与注视中，/光芒来自你的心，/来自身体的至深处。这个终将为被光芒浇筑的人是你吗？/而幽暗那无处不在的刀刃，/它无时无刻不在雕琢，在为一个伟大的时代赋形。"诗人于天地之间，欲立其心，仿佛古代的另一位哲人王阳明，欲以历史、时代和其个人的周遭际遇，皆为龙场，虽然"幽暗""无处不在"，但却"此心光明"，足可以"为一个伟大的时代赋形"。泉子的诗学抱负，相当宏大。

在纵览我们这个时代甚至每一年度的诗歌创作时，我们决不能忽视女诗人的写作。某种意义上，女性诗歌已经构成了中国诗歌的半壁江山。在2015年中国的女性诗歌中，不同的代群都有自己代表性的诗人表现出对个体诗学的自觉追求。比如翟永明，在其组诗《弗里达的秘密衣柜》（《诗刊》2015年第10期·上）中，她的"黑夜诗学"既没有了早期的颠覆与叛逆，也不像她前些年的创作，在对现实、历史（包括女性历史）的愤激与介入中显示出她所独有的犀利与力量，仍在"黑夜"的翟永明，已经有了略微的自闭（"世界依然危险 当我向晚年靠近/我能否拿起笔墨 向黑暗致意/我能否写下牌子 写下地址/写下日期 然后写下：闲人免进"）与灰颓（"我也曾双脚踮立地寻找/我现在累了，倒地寻找/如果找到了 我更加茫然无解/如果找不到 我必将终身抱憾"），但正因此，她的"黑夜诗学"倒更加真切地表达了诗人的个体生命，具有了深厚独特的真实内容；不过与翟永明相比，二十世纪六十年代出生的女性诗人李轻松在发表于《扬子江诗刊》2015年第3期和《诗刊》2015年第6期（上）的两组诗作《李轻松的诗》和《铁水与花枝》中，她的"铁与花的诗学"反而显得熠熠生辉。在这两组诗中，诗人写铁，写花——"铁如此俊朗,花枝如此羸弱""我粗砺的铁,硬、坚硬/也能爆出炽烈的天真/我柔软的花,水、水灵/都生在枝节之外/我的境内,花与铁的混合/……/铁水已缠绕了花枝/花枝已被铁水淹没。"这位曾经"爱上打铁这门手艺"的女性诗人,又一次高呼着"亲爱的铁"(《亲爱的铁》)。不同于李轻松的激越和翟永明的"累",出生于二十世纪七十年代的女诗人唐月的"月的诗学"却更冷静。在唐月的很多诗作中,她不仅经常以"月"为题材,以"月"自况,充分书写"月"的生存与"月"的情怀,"月"的高冷与纯净,还构成了诗人审视众生和反顾自我的独特视角。在发表于《山西文学》2015年第5期和《延河》2015年第7期的《速冻》和《顽疾》等诗作中,诗人既会在"凌晨一点"不无自嘲地冷静自视,"看肌肤慢慢生出,/毛茸茸的月光"(《速冻》),也会在寒冷的夜晚,在"零下二十度的枝头","捶打满月",发出"分一半我给你"的热切呼喊(《分一半我给你》)……当代中国的女性诗歌继二十世纪八九十年代的舒婷、翟永明以来,一些更加具有个体性甚至中国性的女性诗学不断自觉,李轻松"花与铁的诗学"和唐月"月的诗学",便是其中的突出代表。

诗歌批评的非学院趋向

我们考察2015年的中国诗歌,决不应该忽略诗歌批评。在此方面,我以为我们更应该重视其中的非学院趋向。近些年来,文学批评包括诗歌批评中的学院批评对于文学灵性和基本感悟力的窒息,以及它们低水平的重复和缺乏有效的问题意识的学术空转,催生和激发出更具价值的非学院化的诗歌批评。诗歌批评的非学院趋向，最为明显的标志就在于其批评文体。这样的批评，厌弃和摆脱了盛行于学院中的"学术八股"，代之而起的，是更加自由与灵活、更加生动与活泼、也更加具有实质性内容的批评文体和批评语言。在2015年关于新诗百年的讨论中，《扬子江诗刊》特别开设"中国新诗百年论坛"，邀请著名诗人和诗歌批评家集中讨论百年中国新诗中的核心问题。像第2期叶橹的《主情乎？主智乎？》、第3期霍俊明、汪政等人的对话《新诗"自身传统"构建及其不足》、第4期徐敬亚的《论"新诗"概念的休止》、何同彬、王家新等人的对话《百年新诗的"公共性"及其边界》、第5期霍俊明、叶延滨等人的对话《诗歌的空间和地方性》、第6期罗振亚、李少君等人的对话《百年新诗：本土与西方的对话》等所讨论的，同时还具有突出的现实针对性，是我们当下的诗歌创作迫切需要回答的基本问题。在这些讨论中，不管是单篇论文，还是多人参与的圆桌对话，都能直击问题，提出各自独特的思考与见解。比如徐敬亚的文章在一开头，就不仅明确提出应该停止使用"新诗"概念，而且还颇为明确地批评"学术八股"，自承"我不想正襟危坐、一句粘一句一段连一段地论点……论据……一是手艺操作上不屑，而是诉求意义上不值""至于本文是不是'论'，这我就不管了""在我看，只要把论理的话说得明白，即是论"。正是以他这种极富个性化的文风，徐敬亚在文章的最后，一方面指出"百年来，在中国现代文明的艰难进程中，在举世华人辗转逆行的精神呼号中，在汉民族庞大母语的复杂演变中，中国现代诗歌早已完成了它的初创"，因此他十分赞同"以'现代诗'取代'新诗'的概念"；另一方面，他还进一步指出，"无论巨量的诗人规模、巨量的文本、巨量的逐时创作数量,还是内部的百十家风格流派,或是延展发育上的多重向度与多重维度,中国现代诗在世界各国、各民族的同类艺术体裁中,均处于强势。在全球的诗歌参与、诗歌交流、诗歌影响上,与全球几大语种相比,中国现代汉诗亦不落下风"。

同样是一位非学院派的诗歌批评家,沈奇"诗话式"的文字更难称得上所谓的"论文",但正是在这篇题为《文身之石——现代汉诗诗学断想115则》(《钟山》2015年第2期)的文字中,沈奇提出了很多极富洞见和极富启发性的诗学见解。他和徐敬亚——以及前面所说的叶橹先生一样,也认为"新诗的灵魂(诗心、诗性)已渐趋成熟",因此,提出应该放弃使用"新诗"这一概念。只是在对新诗基本问题的认识上,沈奇更加强调和突出语言问题,认为"百年中国新诗,要说有问题,最大的问题就在于丢失了汉字与汉诗语言的某些根本特性,造成有意义而少意味、有诗形而乏诗性的缺憾,读来读去,比之古典诗歌,总缺少了那么一点什么味道,难以与民族心性通合"。这样的文字平白易懂,非常精准和精省地揭示了问题。我们的文学批评自现代转型以来,越来越在批评文体上背离传统,走向偏至,像沈奇这样"诗话式"的"断想",它的启发性和它的生命力,将越来越得到显示。

2015年诗歌批评的非学院化趋向,还体现在《收获》杂志专门为诗歌批评新开设的"明亮的星"栏目。作为在中国文坛颇具地位和影响的重要刊物,《收获》此举无疑为中国的诗歌批评注入了一股新鲜强大的能量。在2015年的六期刊物中,《收获》先后发表了钟鸣《翟永明的诗哀与獭祭》(第2期)、陈东东的《张枣:我要衔接过去一个人的梦》(第3期)、钟文的《记录北岛》

（第4期）、张定浩的《顾城：夜的酒杯与花束》（第5期）和《海子：去建筑祖国的语言》（第6期）等关于当代中国诗歌史上代表性诗人的精神评传。这些文字，既具学院派批评很难具有的悟性与才情，在诗学见解与专业性上，也为后者所难以具备。每一位作者，也都在文体方面各有追求，特别是钟鸣，他的近乎文言的文字深邃古奥，加之以他渊博的"杂学"，使得他的文章独具一格。与此相似，2015年的《名作欣赏》杂志也开设了名为"新世纪文学十五年·诗歌卷"的专栏，以批评家主讲，参与者再围绕着主讲进一步进行深度研讨与对话的方式，逐期关注了包括沈苇、陈先发、雷平阳、杨键、朵渔等在内的十来位诗人，在诗歌界产生了很大影响。正如诗歌探索往往会引领文学风尚一样，我们非常迫切地希望，诗歌批评的非学院化趋向，也能够矫治文学批评的学院化积弊，引领后者逐步进入健康与良性的境界。

为了一种伟大的完整

——吉狄马加《我,雪豹……》读札

星空、火焰与光芒,一直是吉狄马加所钟爱的诗歌主题,在他的长诗《我,雪豹……》中,这一主题一开始就横空出世,令人震撼地冲击着我们:

流星划过的时候
我的身体,在瞬间
被光明烛照,我的皮毛
燃烧如白雪的火焰
我的影子,闪动成光的箭矢
犹如一条银色的鱼
消失在黑暗的苍穹

闪电一般迅疾的诗句仿佛使雪豹劈空而来,瞬间进入了我们的视野。自此开始,诗人以雪豹自况,展开了他宏阔高迈、深沉动人的交响诗一般的抒情。

对于这首诗,正如其副题及与其相关的注释所明确限定与指向的,我们很容易就会将它看成是一首"生态诗",而且诗中的生态主题实际上也非常突出，无论我们对这首诗作怎样的解读，我们都无法回避这首诗的生态意识。我以为，即以此诗对于生态主题的表现与思考，在当下中国的诗歌写作中，其自觉、其深度，以及其诗学与诗艺上的独特成就，就已经显得非常突出。但是在另一方面，生态主题又并不只是这首诗的全部，某种意义上，它其实又被包含于另外一个更为宏大的主题，这就是对完整性的捍卫和对完整性的渴求。为了一种伟大的完整，正是吉狄马加这首诗的基本主题。

"激情和完整"，是墨西哥的伟大诗人奥克塔维奥·帕斯诗歌的基本特点，作为深受帕斯影响并对帕斯深深喜爱的诗人，吉狄马加同样具有这样的特点。但是在马加这里，激情与完整，一方面具有新的非常独特的精神文化内涵，另一方面，也置身于和帕斯极为不同的全球化背景与本土语境中，具有新的意义与价值。所以在实际上，我们毋宁可以说，在人类历史特别是诗歌史、文学史上，存在着一个充满激情地捍卫完整、表达着对完整性追求的精神谱系和精神群体，吉狄马加和帕斯一样，都是这一群体和谱系中的一个各自独特的个体。

在吉狄马加这里，他对完整性的捍卫与追求，主要表现在他的充满尊严的生命意识、自觉的族群意识和面向永恒的宇宙意识。

在《我，雪豹……》中，我们经常能够感受到诗人孤独、顽强和独当苦难与虚无的生命意识。说实话，在读到吉狄马加的这首诗前，我对雪豹虽有听闻，但并不很了解。也就是在读了这首诗后，我才进一步了解这一主要生长和繁衍于中亚地区高海拔山地与高原的凶猛野兽，并且为它所彻底震慑。我一下子喜欢上了雪豹，并且对它充满敬意。对于猛兽，我原来非常喜欢雄狮，喜欢它的壮阔与雄美，但对它的总爱扎堆与成群，一直感到略有遗憾。狮可称王，是以它对群小的征服与统辖作为基础的。这真的算不上是真正的王者。真正的王，是要能够独当宇宙，独当虚无，独自承担起它面向时间与死亡这一深渊的无以逃脱的命运。而吉狄马加诗中的雪豹，才算得上是真正的王者——

> 我是雪山真正的儿子
> 守望孤独，穿越了所有的时空
> 潜伏在岩石坚硬的波浪之间
> 我守卫在这里——
> 在这个至高无上的疆域

在众多生命都难以存活的苍茫雪山中，"在这个至高无上的疆域"，作为王者的雪豹守卫、巡弋、潜伏与搏杀，吞噬着岩羊、旱獭和种种鼠辈，生命形成着天意般的完整与循环，即使在最后终至于殒命，雪豹也保有着自己的尊严——

> 原谅我！我不需要廉价的同情
> 我的历史、价值体系以及独特的生活方式
> 是我在这个大千世界里
> 立足的根本所在，谁也不能代替！

这就是雪豹，就是具有着自己的历史和价值体系的完满独特和悲壮的生命个体。

雪豹的历史，实际上就是它的血统，它的由无数个先辈与祖先组成的族群谱系——

毫无疑问，高贵的血统
已经被祖先的谱系证明
我的诞生——
是白雪千年孕育的奇迹

我们注定是——
孤独的行者
两岁以后，就会离开保护
独自去证明
我也是一个将比我的父亲
更勇敢的武士
我会为捍卫我高贵血统
以及那世代相传的
永远不可被玷污的荣誉
而流尽最后一滴血

我们不会选择耻辱
就是在决斗的沙场
我也会在临死前
大声地告诉世人
——我是谁的儿子！
因为祖先的英名

如同白雪一样圣洁
从出生的那一天
我就明白——
我和我的兄弟们
是一座座雪山
永远的保护神

我们不会遗忘——
神圣的职责
我的梦境里时常浮现的
是一代代祖先的容貌
我的双唇上飘荡着的
是一个伟大家族的
黄金谱系！

　　追溯、认同和自豪于一个伟大家族的黄金谱系，一直是作为彝人的吉狄马加诗歌的常见主题。全球化时代身份认同的切要与焦虑，在中国，最为突出地表现于吉狄马加的诗歌创作，也是他区别于其他中国诗人的重要标志。他的重要性、独特性，以及他的世界性影响的基本原因，很大程度上，也在于此。
　　吉狄马加的诗歌具有突出的宇宙意识。在《我，雪豹……》中，闪电般出场的雪豹一开始就置身于宇宙之中，流星与苍穹，以及后来不断出现的"荒野""雪山""地球""坠落的星星""宇宙的海洋"和"宇宙的秩序"等意象，都使得诗作具有无比阔大的"宇宙感"，诗人的抒情和诗人对于雪豹命运的书写便展开于如此阔大的宇宙空间。由于诗人对雪豹的精神与生存及其命运的坚实书写,这一空间不仅没有造成诗意的空阔,反而使得诗歌的主题和诗的意涵更加深邃和更加旷远。一种虽然根基于个体生命、认同于地上族群的激越抒情,由于对星空的仰望和对宇宙的念想,获得了一种无限的超越和无限的完整。自我、族群与宇宙、《我,雪豹……》三位一体,体现了一种伟大的完整。正是为了伟大的完整,吉狄马加才充满激情地为我们,同时也为我们的时代奉献上了这样的诗篇。在我们的文明、我们的时代,以及更加具体的诗歌史和文学史的意义上,完整性的意识和完整性追求,正应该被我们充分认识。诗人吉狄马加处昆仑之巅,如此有力又如此超前地揭示出这样的主题,我们真的应该深深致敬!

关于路也的诗歌创作

本期工作坊，我们一起来讨论一下路也。

讨论路也，首先应该考虑到二十一世纪以来中国的诗歌背景，特别是女性诗歌这一更具体的背景。二十世纪八九十年代，女性诗歌是当时文学潮流中的一个非常独特的部分，它以其相当突出的女性自觉和对男权文化的激烈反叛而引人注目。但在二十一世纪以来，中国诗歌中的女性写作却发生了很大变化，对于这些变化，我曾经在另外的文字中有所描述，认为二十一世纪以来的女性诗歌一方面继续突显着女性主体异于传统的女性形象，她们或者性格"激烈""坚硬如铁"，甚至"像鬼一样芬芳四溢"（海男：《像鬼一样芬芳四溢》）；或者不避情色，多有自恋地书写身体……但是在另一方面，对于上述女性自我的局限性和对爱的需要与依赖，以及与此同时对于传统女性的精神认同和与男性的和解与归一，也被她们所经常表现。与二十世纪八九十年代相比，二十一世纪以来的女性诗歌具有更加本真、更加坚实和宽阔与深厚的特点，路也在其中，便是重要的一位。

我对路也诗歌的集中阅读，最初是通过她的诗集《一个异乡人的江南》。在我们的当代文学史上，诗歌与小说很不同的一个地方，就是诗歌经常会有不那么"正式"的一些民间诗刊和自印诗集，它们没有刊号，也没有书号，没有所谓"合法"的出版资格。但是，如果没有它们，我们的诗歌史将绝对苍白，绝对贫乏和萧条。我们研究当代中国的"文学文化"特别是"诗歌文化"，这是无论如何都不能忽略的一个方面，所以虽经几度搬迁，至今我都珍藏着包括路也《一个异乡人的江南》在内的很多这样的"出版物"。

说到路也的诗，我以为她最大的意义，就是对本真的回归。二十世纪八九十年代，女性诗歌总体上的特点就是"反叛"，先是反叛"封建传统"，后来又反叛那些形形色色的"男权文化"，使得"颠覆""挑战""消解"和"解构"成了当时女性写作和女性主义理论批评中的几个"关键词"。当时的女性写作，一方面念念有词地信奉"女人是被造成的"之类西方女权主义的理论信条，拆除、颠覆和解构男权文化；另一方面，却又矫枉过正地以这样的理论重新将女性"文化化"与"女权化"，女性主体所凸显的基本形象，非常明显地带有西方女权主义理论演绎的色彩。在这个意义上，二十世纪九十年代的女性诗歌所表达的，并不是女性的本真自我，而是女性自我的不无夸张、片面、扭曲，甚至变态的表达。而在二十一世纪以来，女性诗歌虽然不再像二十世纪八九十年代那样以比较明确的"主义"和"思潮"的方式出现，但是在总体上，女性诗人的数量、活跃度和影响力，特别是她们的优秀作品，在数量和质量上，并不亚于前两个时代，而且女性自我的表达，也显示出非常丰富的精神面向。路也的本真和她的自然，便有很强的代表性。

路也的为人们所熟知并且经常被谈起的代表作，主要还是她的《江心洲》《木梳》《菜地》和《傍晚》等关于"江心洲"的早期作品。虽然她后来的"芳心"已由"江心洲"扩展至整个"地球",写出了诸如《冰岛》《国际航班》《墨西哥湾》《过北极》和《内布拉斯加城》等"国际题材"的诗篇,并且被她收集在径名为《地球的芳心》的诗集中,复又有一些题材丰富的长诗,但是她和很多诗人一样,几乎是宿命般地被"套牢"在起初就被大家所公认的早期代表作中,一谈起路也,首先想起的,还是她的"江心洲"。

"江心洲"时期,路也非常本真的女性自我的表达独特而明确,她以其略带执顽的纯朴、自然与温良,一扫此前女性诗歌中相对于男权文化而言颇具挑战性的女性形象。比如《江心洲》——

给出十年时间
我们到江心洲上去安家
一个像首饰盒那样小巧精致的家

江心洲是一条大江的合页
江水在它的北边离别又在南端重逢
我们初来乍到,手拉着手
绕岛一周

在这里我称油菜花为姐姐芦蒿为妹妹
向猫和狗学习自由和单纯
一只蚕伏在桑叶上,那是它的祖国

在江南潮润的天空下
我还来得及生育
来得及像种植一畦豌豆那样
把儿女养大

把床安放在窗前
做爱时可以越过屋外的芦苇塘和水杉树
看见长江
远方来的货轮用笛声使我们的身体
摆脱地心引力

我们志向宏伟,赶得上这里的造船厂
把豪华想法藏在锈迹斑斑的劳作中
每天面对着一条大江居住
光住也能住成李白

我要改编一首歌来唱
歌名叫《我的家在江心洲上》
下面一句应当是"这里有我亲爱的某某"

在最基本的层面上,这显然是一首爱情诗,而且这爱情,发生和栖泊于江心洲上,在水的中央,有猫,有狗,更有芦蒿、油菜、豌豆、蚕桑、芦苇和水杉这些树木与植物。这分明是《诗经》里的爱情——"关关雎鸠,在河之洲。窈窕淑女,君子好逑……",表达的是我们这个时代非常难得和罕见的爱之初心。

而她的《木梳》,对于我们先民们的原初生活和原初之心的追慕与缅怀,则写得更加明确——

我带上一把木梳去看你
在年少轻狂的南风里
去那个有你的省,那座东经118度北纬32度的城。
我没有百宝箱,只有这把桃花心木梳子
梳理闲愁和微微的偏头疼。
在那里,我要你给我起个小名
依照那些遍种的植物来称呼我:
梅花、桂子、茉莉、枫杨或者菱角都行
她们是我的姐妹,前世的乡愁。
我们临水而居
身边的那条江叫扬子,那条河叫运河
还有一个叫瓜洲的渡口
我们在雕花木窗下
吃莼菜和鲈鱼,喝碧螺春与糯米酒
写出使洛阳纸贵的诗
在棋盘上谈论人生
用一把轻摇的丝绸扇子送走恩怨情仇。
我常常想就这样回到古代,进入水墨山水
过一种名叫沁园春或如梦令的幸福生活
我是你云鬓轻挽的娘子,你是我那断了仕途的官人。

在《木梳》中,"我""在年少轻狂的南风里""带上一把木梳去看你",并与那个"你""临水而居",想象着自己"就这样回到古代,进入水墨山水/过一种名叫沁园春或如梦令的幸福生活",这分明是一种诗意的生活,古代文人一般风流雅致的生活。其中的本心与《江心洲》一样,仍然有一种原初之美。这种原初之美,在《菜地》《傍晚》和《这些遍地盛开的野菊》中,或者表现为诗人将自己比喻为一只"北方的青虫",投身至南方的菜地,"一头栽进了你这棵南方的菜心"(《菜地》),或者又表现为在一个傍晚,诗人像一捆江心洲的青草,轻揽于情人的臂弯(《傍晚》),自然和美好得令人动容。

　　但是在另一方面,路也的诗,并不只是对古代生活陈词滥调般的简单怀念,而是具有突出的现代性。这种现代性,不仅表现为作品中诸如"造船厂"和"经纬度"之类的现代事物,更是在其中的女性自我形象上有所体现。上述诗作中的"自我",尚旧尚古,甚至上承于我们的《诗经》传统,另一方面,其中对女性情感、特别是对女性身体意识与身体欲望的直率表露,又与二十世纪八九十年代的伊蕾、翟永明、海男、唐亚平等人的女性精神深切关联。

酷恋，或出没于伟大的江南
——龚璇诗集《江南》序

余为北人，却钟情于"伟大的江南"。"伟大的江南"是诗人柏桦的一个说法，我和很多人一样，对柏桦的说法尤有会心。伟大的江南孕育与体现了我们中华文化与中华文明的伟大与辉煌，复又具有独步天下的精致与美丽。但是她的精美和她疆域的有限，却又很容易让人忽略其伟大。所以，柏桦的说法，仿佛重新唤醒了我们关于江南的伟大记忆，让我们缅想，也让我们流连。龚璇诗集《江南》中的诗，便是这种缅想和这种流连的思绪与印迹。不过与柏桦，也与我们很多人所不同的是，龚璇于江南，并非外人，他是一位道道地地的江南人氏。自古而今，人们对于"何谓江南"和"何处是江南"其实并无一致的看法，人们至今也未为江南确定好一个具体的疆域。不过在另一方面，在关于江南区域问题的种种歧见中，以明清时期的"八府一州"即江宁府、镇江府、常州府、苏州府、松江府、杭州府、嘉兴府、湖州府和太仓州作为江南最基本的区域或核心地带，倒是一个共识。而龚璇，就生活和工作于其间的"太仓州"，太仓人氏也！在这样的意义上，正如他在诗歌中所表现出来的，他对江南的"酷恋"就很自然，而且也正宗。

龚璇的诗集起初名为《恋爱中的江南》，后来索性就改为《江南》。在他起初的想法中，我很理解他的感情。他以往的几部诗集，先是叫作《或远，或近》（上海文艺出版社，2010），显犹疑，接着又叫《冷眼看花》（上海文艺出版社，2011），蛮矜持，但是到得第三部诗集，他的感情就变得有点"把持不住"，《风月无边》（上海文艺出版社，2012）了。就像是喝酒，"风月无边"的状态中，人的感情最容易奔放，也最易迷蒙，因此他的诗集——他的第四部诗集，干脆就叫了《燃烧·爱》（上海文艺出版社，2013），老兄真的是相当放纵了！龚璇对人生、对世界、对友情、对爱情，还有对他生长于斯的伟大的江南，都有深挚刻骨的感情，无论是他"或远，或近"地"冷眼看花"，还是他在"风月无边"后的"燃烧"与"爱"，他的根底，他的精神深处最为核心的方面，其实全都是"爱"。没有"爱"的驱动，没有纯粹的"爱"的指使，谁能够在繁忙的公务之余，以每年一集的速度写出那么多饱含深情的诗？所以不管诗集谓何，他的几乎每一首诗作，都是他的"爱"的产物，是他对世界的种种"酷恋"与"苦恋"的"爱"的结果。这一点我非常欣赏，也以为此乃诗的正道！应该指出，如上所言，"犹疑""矜持""风月"与"放纵"云云，不过都是我们见面时的玩笑而已，兹将玩笑搬上了纸面。《恋爱中的江南》，如果以此为书名，实际上与诗集中的题材和诗中感情皆相切合，老龚对江南，恋爱就恋爱吧，此乃实情。但经斟酌，他还是很"克制"和"低调"地去掉了书名中原拟含有的"恋爱"的意思。这是因为，这部诗集的主要内容都是写江南，正面地写江南，而且单是从"江南史鉴""江南物华""江南事典""江南情韵"等各专辑名，就能看出它是关于江南分门别类的较为全面的写作，有很明显的系统性。诸如太湖、虎丘、剑池、寒山寺、虎跑寺、梅家坞、桃花坞、乌镇、锦溪、沙溪、周庄、拙政园、网师园、沈园、张溥故居、郁达夫故居、西施故里、咸亨酒店和乌篷船等很多很有代表性的江南符号，诗集中都有丰富的书写。某种意义上，我们完全可以将《江南》看成是关于江南的诗性导游，是一部以诗的方式带领我们游览江南、感受江南的江南手册。

但是龚璇《江南》中的作品，毕竟是诗，是一种以诗性的主体与伟大的江南进行对话的诗。龚璇的诗作，经常会出没一个特别的词，那就是"谁"！他很善于在诗意的展开与流转中，陡然提出凌厉的发问，引入一个不确定的主体，一个以"谁"来代称的主体。比如在诗集的第一首诗《石湖》中，他就曾经这样写道："天镜千顷，不见范蠡船舫/水鸟无栖/远见村舍疏落/楞伽寺塔的倒影/流觞，看月已是奇景/谁，对酒当歌/哪里更有清秋灵影，空守绣幔"；而在《剑池》中，他又曾有这样的书写："夫差与勾践，争的是哪方领地/刀剑幻影，光怪陆离/如入太虚幻境/一块巨石，两字之下/沉埋千年古谜//谁赶早去看你，间缝中蓬乱的草象/斩断剑池的历史/谁为吴王，谁为越夫/水底躲藏的青蛙/无端皱襞"。在龚璇的诗中，有"谁"的诗句所在多有，再比如："晨雾中，谁捧着一本奇书/道尽战争的诡谲""失踪的小鹿/为谁，呼唤古老的名字"（《穹窿山》）、"谁说置身事外，就能隐忍痛饮""谁，掌握着开悟的权力/却无法判断困扰的月光"（《梅家坞》）、"谁，攀着青石阶，不忍回头/青鸟鸣啭/一首送别曲，悲欣交集"（《虎跑寺》）、"孤香从哪里飘近。禅院的钟鸣/为谁而敲响"（《锦溪》）、"谁，敢于承受崩溃的雨/屋檐下，泥鳅跳出水盆之外/在湿润的道板上，尽染磨难的生活//有人担心。不宜扩张的景观旁/鹤发的人，谁还记得"《咸亨酒店》）……龚璇的《江南》，还有他以往的作品中，有"谁"的诗句真的是不胜枚举。在我有限的阅读经验中，好像还没有哪一位诗人会如此频繁地运用这样的词，这样的运用，几乎已经构成了一个非常独特的诗学奇观，是龚璇区别于他人的独特的诗歌标识。龚璇对"谁"的运用激活和丰富了我们语言中的一个习见的词。他让这个习见的词相当频繁地出没于诗中，承担着非常丰富的诗学功能。有时，它是诗人自我的外化或内在分裂，以此来呈现诗歌主体的丰富情思与自我追问，有时，却又指古人，是或者实指或者又虚指的诗作所歌咏与感怀的历史人物，而很多时候，它则就是虚拟，是我们读者可以根据自己的阅读感受和江南情怀自由想象的不确定的主体……我们跟随着诗人，跟随着这个不确定的主体，出没于江南，漫步、徜徉，在江南的历史文化景观和自然与人情中进行深入的精神对话与精神交流，伟大的江南因此得以内在于我们，深深地内在于我们。这就是龚璇诗的成功，"谁"的成功！

和诗歌史上的每一位诗人一样，龚璇的诗中自然有"我"，有一个按他自己的说法"恋爱"着江南、"酷恋"着江南的抒情主体。江南处处，也许都留下过龚璇的足迹，引起过他无限的感怀，但他的感怀，总体上又是忧郁的，内敛的，多有感伤。龚璇经常伤痛于历史，伤逝，伤情，也伤风景，克制与内敛中内蕴着犀利与勃发，甚至激烈，甚至旷达与豪情。比如在《张溥故居》中，他这样来写自己"一个人，独步庭院"，凭吊历史——"巷口的古屋，沉寂多时/我来，又能找到什么/一片旧瓦的遐想/一枝蜡梅的爱情/或者，一口老井悲喜的凭吊与瞻仰//门檐下，藏着暗淡的历史/有人不知经营/花枯萎、树落叶、悬挂的梦悄然消失/廊壁的楹联，锈迹斑斑/垂下沉重的记忆，夕光/焚烧尾部的沧桑"；而在《拙政园》中，他在书写了拙政园中的"嶙峋山石""分岔小径"和文徵明画堂中的"月光煎熬的忧郁"后，又这样来表达自我的情怀："不论白天、或黑夜/盲人摸象，行走的地方/最需要阳光普照，月光挥洒一点点星光/已足以让我心明眼亮/窸窣声中，察觉每一处细微的动作/挑战徒劳的叹息//那一片紫藤，占有我的瞳孔/天空辽阔/返照事物的渺小。我不想成为蜡像馆里/凝固的肖像/也不求仙道，降我以大任/只把仁慈的目光/透过太湖石的缝隙，射穿/一山一水/一草一木的心事/直到落日后/势不可挡的宁静，重返石前的草地"。龚璇在经历一系列复杂的感怀后在他的内心所降临的"势不可挡的宁静"，还有那些辽阔和晶亮的"光"，最让我欣喜。他在《上海，偏北》中写道："上海，偏北。五十里外/还有一个人，安抚空寂的仓屋/吹灭灯火，遥望天际/突然发出惊讶的叹声——/你看，星空多亮"！上海，偏北，正是太仓，是他多年栖居之所在。龚璇栖居于江南，而又以他深厚的情怀，抚爱着江南，抚爱着这片伟大的土地，江南因此有福了。

龚璇在《江南》和《恋爱中的江南》这两首诗中，曾经有过这样的发问："江南，背负盛名"，可"谁，采集美妙的词语""咀嚼江南的秘密"？我想，这里的"谁"，恰正是龚璇，是龚璇这位江南的赤子。龚璇这位江南之子不光自己沉溺于江南，还以他的独异的诗学——一种在语言中充分运用和成功发掘了"谁"的诗学，引来无数个确定的和不确定的主体，从而也招惹着我们，与他共同出没于江南，与他对话，与伟大和灿烂明丽的江南对话。他的诗歌也因此多了复杂，江南也更加意味无穷。

2015 年 6 月 28 日　阅江阁

"突然一道穿透的光……"
——王学芯诗集《间歇》读札

学芯居江南，多要务，写诗。学芯豪爽、魁伟，诗却很细致，且常于细致之中俯仰万物，体察日常。《间歇》之前，我虽曾在《人民文学》《诗刊》和《星星》等刊物上拜读过学芯的不少诗作，但却并未做过多的思考，这次读《间歇》，读罢思之，不仅感到学芯诗的丰富，更是发现他的诗歌已经形成了自己独特的精神与美学。一种生动、明确，甚至是不无锐利的诗学，已经在学芯的诗中呼之欲出。

《间歇》中的诗作，题旨丰富。因为处江南，江南的事情自然被学芯较多地关注。江南的湖泊、河流和雨水，以及江南的树木、田野和村落，还有江南的日常生活与诸般场景，在《间歇》中有丰富的书写。我们完全可以从"江南"的角度，在近几年来非常活跃的"江南诗群"的意义上，将学芯视为"江南诗群"中的重要诗人来认真讨论，但我在这里，却并不想这样。这一方面是因为，《间歇》之中还有不少诗作，还写了海，写了江南之外、不阈于江南的很多事物，在这些诗作中，海的"涌浪"与"狂风"（《涌浪》《海边狂风》）、日常生活与人生的感悟（《日常的疲惫》《幸福时光》《日子》《午餐》）、个体生命的体味与咀嚼

(《生命》《塔》《一双不穿的旧鞋》《梦语》)，还有亲情(《最后的母亲》《重症病房》)，还有像《黄昏的溪马小村》《工业之后》《那湖滩三十米外》等作品那样所表达的生态意识和对工业/城市文明的反思与批判，仅仅以"江南"，确实已难以全面地概括和理解《间歇》中的诗；另一方面，实际上也更加重要的，是我在学芯的《间歇》中发现了一种非常值得我们重视的东西，那就是在他的很多诗作中都经常会出现的"光"的意象。在我对《间歇》每一首诗的阅读中，正如其中的《梦语》所写到的，经常会遭遇"……突然一道穿透的光/令人惊异"，这些"突然"的光，不仅会照彻我们的内心，更是使诗境与诗意充满了光辉。在我所读过的中国诗歌中，好像还没有哪一位诗人，像学芯这样如此频繁、如此之多地来书写光。"光"，在王学芯这里，具有了某种核心性的精神意义与诗学地位。王学芯的诗学，莫非径就是"光的诗学"?!

这几年来，世事沧桑与世态炎凉，使我对人性的暗陬多有领略，所以无论是在现实，还是在对文本的阅读中，我都对"光"极其敏感，也极其珍惜。我非常热爱那些有"光"的诗篇。而学芯的诗，已经不只是有"光"，而且还是纷至沓来和源源不断的丰沛的"光"。对学芯来说，无论是在白天(《午后蜃景》)，还是在夜晚(《夜晚的大雪》《夜路小记》《夜归》)，无论是在黎明(《黎明过程》)，还是在黄昏(《下午5点的城市》)，无论是在山野泽畔(《行走山间》《伫立山坡》《夜宿深山农家》《油菜花开》《清晨的田野》《湖边素描》)，还是在现代都市与现代生活(《古城落日》《坐在台北的街边》《暴雨中的街景》《玻璃之鸟》)中，他都能够注目于"光"，捕捉到"光"，并以这些"光"来洞穿和辉耀整个诗篇。有时，学芯的"光"会来自"灯"（如《夜归》："屋内的光在桌上明亮"），来自"雷电"（如《暴雨中的街景》："雷电闪着利刃竖立天空"），有时，则会来自叶的明亮（如《葱绿涌来》："树叶让我们明亮"）和花的灿烂（如《油菜花开》），"光源"颇多……读了学芯的诗，恐怕很多人都会难忘《间歇》中的第一首诗《间歇（一）》所写的那些岩缝间的小花——

> 向着山林　或天空　或巨大的岩石
> 我抬脚　看见台阶边被吹动的
> 茎叶和花　这是石缝间一种开花的生命
> 它金黄的小花
> 把台阶照亮
> 而台阶和天空下的岩石连在一起
> 那些细小的花
> 有光芒的嗓音

在学芯的笔下，这些"细小的花"，不仅有着"光芒的嗓音"，还有着非常强韧和伟大的力量。正是这些小花，"它剥开石缝把岩石提起/用自己的一点小光/改变了石块的硬度以及/整个庞大的山林"，从而使世界得以"改变"。学芯很善于以他的"光"来洞穿黑暗，照耀那些灰暗的事物，以此来创造一个温暖、明亮、充满诗意的世界，使我们时或虚无、时或灰颓、时或陷于庸常的内心骤然生动，骤然获得诗意的澄明与提升。这不仅是学芯"光的诗学"精神的层面，也是他所经常使用的技艺与策略，这在我和很多人一样都很喜欢的《黄昏的溪马小村》中，表现得也非常明显——

  为了寻找福地我们在地图上
  进入皖南溪马小村
  为了一滴干净的水分　我们
  从蓝藻的水边　从空气悬挂颗粒的水边
  坐在漫不经心的溪马河边
  水看见我们　我们也看见
  野鸭和跳水的绶带小鸟
  看见黄昏的太阳　孤悬山岗
  如空气中围合的透气玻璃
  我们像被保护在里面……

  无法述说我们对明天的
  忍耐　像昨天水边的突然惊呼
  鱼翻开白色的肚皮停止游动……

  在当代中国的生态文学中，我以为这是一篇代表性的作品，但我在这里所最想关注的，仍然还是学芯"光的诗学"。学芯作品中的"光"，最为多见的，还是来自于太阳。日出日落，晨光夕照，阳光下的种种事物，种种细微和复杂的内心感受，是学芯最多书写的诗的内容。在《黄昏的溪马小村》中，学芯以一轮"孤悬山岗"的"黄昏的太阳"营造了一个无比巨大与安全的世界，它使我们远离恐惧、远离死亡（"我们对明天的／忍耐　像昨天水边的突然惊呼/鱼翻开白色的肚皮停止游动……"），远离造成我们生态灾难的"蓝藻"，从而将我们很好地"保护"。学芯作品中的"光"，虽然不像其他一些诗人作品中的光所往往具有的超验意味甚至宗教色彩，但仍然高于日常，超越于日常，具有突出的超越性。王学芯的诗歌世界，是一个明亮的世界，超越性的世界。

与一般的诗集略有不同的是，学芯的《间歇》，前后都附有"首诗"与"尾诗"，在这两首诗中，学芯的"光的诗学"实际上已有很好的说明。他将《间歇》中的120来首诗作比喻为120张叶子，这些"自信的树叶采集光明/完整地在宁静中闪烁"，它们不仅"散射光亮的意象"，还很充分地自信于会在我们、在广大的读者那里"有一分钟的照亮/就会有一辈子的闪耀"。我以为学芯完全有理由作这样的自信，这是因为，同样是在这两首诗中，他很明确地指出了这些树叶、这些树叶所赖以获得生命的树，实际上是"长出"于"一座喷泉"，一座来自于学芯生命间歇的喷泉。在这样的意义上，我们也终于明白，学芯的"光的诗学"和他的诗作中经常会出现的"突然一道穿透的光"、那些源源不断地照耀着我们、澄明和提升着我们的奇异、温暖和明亮的光，全都是来自于学芯的生命，来自于学芯的精神深处。我以为，这就是学芯"光的诗学"的最基本的内涵，也是学芯诗歌最为重要和最独特的价值。

建构个体性的"地方诗学"

二十一世纪以来,中国诗歌的地方性自觉是一个引人注目的重要现象,也为人们所经常谈论。很多诗人的写作在题材内容、精神特质甚至文体与语言方面,都有明显的地方性,像雷平阳诗中的云南、沈苇诗中的新疆、哨兵诗中的洪湖和陈东东、赵野、潘维、庞培、朱朱、叶辉、黄梵、长岛、胡桑、张维、江离、泉子、叶丽隽、育邦、卢文丽等很多诗人作品中的江南,都是这些年来中国诗歌中的著名的"地方"。很多不同的"地方",也都通过他们的作品得到了书写和表达。

在我们的新诗史上,地方性的书写并不少见,但像二十一世纪以来如此多的诗人以如此高的热情近乎集体性地投身于地方性的诗歌写作,并且形成了一股现象与潮流,似未有见。之所以如此,我以为一个非常重要的原因,就是全球化进程的加剧。二十一世纪以来,伴随着全球化进程的不断加剧,世界各地都激发出了警醒和反对文化同质化倾向的本土自觉,特别是在中国,随着二十一世纪以来的经济崛起,文化上的自信与自觉也日益突出,独特、悠久和深厚的历史文化传统越来越被人们所深切认同。表现在诗歌界,就是很多诗人不再像二十世纪八九十年代那样热衷和侧重于向西方寻求诗学与文化资源，而是更多地转向中国本土的诗歌文化传统。某种意义上，正是由于这样的转向，形成了中国新诗的又一次转型。

当然，促成这一转型的，并不只是全球化这一较为外在的原因，在中国诗歌的内部，从中国诗歌史自身的历史演变与发展逻辑来看，1999年4月的"盘峰论战"提出的很多重要问题，特别是其中关于诗的本土传统与西方资源的问题，经过1999年当年和2000年近两年的激烈争论、拓展与深化，非常明确地凸显在诗歌界面前，很难让我们忽视与回避，使我们接下来的诗歌创作和诗学思考，必须对此作出回应。二十一世纪以来的中国诗歌，在对自身问题关注与处理的意义上，实际上就展开于这样的背景，所有对诗学问题有所思考和有所自觉的诗人，都将在此背景中有所调整，他们的创作，也变得更加自觉和更加明确。转向本土，回归地方，成了很多诗人的共同选择。

转向本土，回归地方，使得我们地方/本土的自然、地理和文化景观与内涵都能得到自觉的展示与发掘，自然也丰富了我们的诗歌创作，诗歌创作的精神与美学都得到了相应的拓展，在全球性的文学格局和诗歌版图中，中国诗歌的"中国性"也得到了加强，这些方面的意义与价值都是毋庸置疑的。但是在另一方面，二十一世纪以来中国的地方性与本土性自觉，在诗歌观念和诗歌创作的层面上，也出现了一些值得注意的偏至或迷误。最为重要的，可能就是对个体自我的忘却。有些诗人的地方性写作在技艺、语言和文化内涵等方面都达到了很高水平，也有很多应该说是不无盲目的拥趸，但是他们最为核心的方面，即个体自我，却被放弃与忘却。我们很难在这些诗人的作品中，感受到他们最为真实和最"属己"的痛苦，他们的关切、他们的喜悦、他们的希望、他们的哀伤、他们的愤怒与挣扎……他们的内心中最为"属己"的东西悉遭屏蔽。有些时候，他们的诗中也会有"我"，但这个"我"所表达的，却经常都是我们的传统诗歌和传统文化中习见的一些精神情感，它们或者是较为浮泛的对亲人的感恩与怀念，或者是对一方风物和一方水土的热爱，或者，也会是文人士大夫的悲戚与放达——我并不是要简单地否定这些，而是想说，这样的表达很容易流于空洞，流于我们所习见的陈词滥调，而丧失或忽略了个体自我的深切表达。

个体自我的忽略与忘却，导致一些作品往往停留于对地方性的表面呈现。很多诗歌中不同的地方特色，往往也只有类型的差异，有些是写西藏，有些是写东北，有些则是写江南……这些表面和类型化的地方特色成了很多诗人的标签与符号，人们也往往会以这样的符号来简单化地认识和理解一些诗人。我们知道，一个诗人的真正确立，主要还是要依赖于他在精神和美学上极为独特的个体性，这些外在、表面和类型上的差异，很难真正确立一位诗人。这便意味着，二十一世纪以来表面上颇有差异的一些地方性写作，实际上在精神内核上颇为同质，它们都未能够提供出扎实有力的独特个体。

不过让人欣慰的是，还是有一些诗人对此问题较为清醒，他们的写作在表现不同的地方性时，更是对地方性有所超越。比如沈苇。二十一世纪以来，沈苇的诗歌写作越来越显示出它的独特性和它的重要意义，特别是在诗歌写作的地方性问题上，沈苇的思考和他的实践，为我们提供了非常可贵的启示。沈苇乃江南湖州人氏，却在青年时代奔赴新疆，主要在新疆开始了他的文学生涯，成为一位著名的诗人。沈苇写作的主要内容，大多都关于新疆。新疆与江南，无论是地理自然，还是日常生活、风俗与文化，均具有明显的差异，这不仅使沈苇能够以"他者"的眼光来书写新疆，更是使他对文化的差异、包容与融合产生了非常切身的体验。一方面，他注意到即使是新疆这样一个独特的"地方"，文化上也并非同质，内部的丰富性与差异性也非常突出，并没有一个近乎本质化的、形而上学的新疆。在沈苇看来："差异性是一种美，每一种异质经验都弥足珍贵。人的差异性、社会的差异性、地域的差异性，才构成了这个世界的多元、丰富与活力。趋同就是死亡，是把自己提前送进了坟墓。新疆之所以令人迷恋，就是因为它保留了这种差异性——历史的、文化的、风土的、族群的差异性。它可能是差异性的残留物，很脆弱，很边缘，但弥足珍贵。它是不退却，不祛魅。我称新疆是一个'美的自治区''多元文明的圣地'，并不过誉。差异性构成了新疆的大美。抹去了这种差异性，新疆就不成为新疆了"。[①] 实际上在我看来，不只是新疆，人类世界的任何一个"地方"，在有其大体上的基本共性的同时，差异性可能更为根本，也更应引起我们的注意，这是沈苇诗学和文化思考的一个非常重要的方面，也是他给我们的重要启示。另一方面，沈苇在谈到地方性写作时，更加强调"人性"问题，认为"从地域出发的诗，恰恰是从心灵和困境出发的""诗人不是用地域来划分的，而是由时间来甄别的。地域性写作是地域的，更是人性的。地域性当然重要，因为人性的一半

[①] 沈苇：《西东碎语》，《诗刊》2015年2月号（下）。

由地域造就，但——人性要大于地域性"。① "人性要大于地域性"——这是沈苇在地方性问题上的另一个认识。这样的认识，与二十一世纪以来以诗歌写作的地方性知名的另一位诗人雷平阳的观点非常相近。

我在谈到诗歌写作的地方性问题时，经常会说起雷平阳的一首题为《亲人》的诗作——

> 我只爱我寄宿的云南，因为其他省
> 我都不爱；我只爱云南的昭通市
> 因为其他市我都不爱；我只爱昭通市的土城乡
> 因为其他乡我都不爱……
> 我的爱狭隘、偏执，像针尖上的蜂蜜
> 假如有一天我再不能继续下去
> 我会只爱我的亲人　　这逐渐缩小的过程
> 耗尽了我的青春和悲悯

雷平阳的诗歌以对云南的书写著名，他有一部诗集甚至全都写云南，书名就叫作《云南记》。我们的诗歌界对地方性问题的讨论，也总是离不开对雷平阳的关注。但就是在这首诗中，诗人在一方面表现出非常强烈和非常"狭隘"与"偏执"的地方意识和地方认同的时候，另一方面，却又对地方性有所质疑。这种质疑，主要表现为他所热爱的"地方"由"云南省"到"昭通市"，再到"土城乡"这一"逐渐缩小的过程"。这样的过程，

---

① 沈苇：《西东碎语》，《诗刊》2015年2月号（下）。

非常突出地说明了地方性的内部差异和相对性的本质。相对于国家，"云南省"是"地方"；相对于"云南省"，"昭通市"是"地方"；而相对于"昭通市"，"土城乡"又变成了"地方"……这样一种悲剧性的和类似于剥洋葱一般的"逐渐缩小的过程"，最后所揭示的，实际上是相对于"亲人"的"地方性"的虚无。在这种辩证的、甚至是解构性和怀疑主义的地方性观念中，诗人最后的立足点和最可靠的认同便只剩下了建立于"血亲伦理"基础上的"亲人"。我想，这也是这首诗的题目就叫作《亲人》的主要原因。在这样的意义上，《亲人》中的地方性观念并未把"地方"形而上学地凝固化和本质化，而是有着非常突出的自我批判和自我质疑的精神，与沈苇的观点非常相近。

　　沈苇与雷平阳非常相近的观点均都强调人性对地方性的超越。在沈苇看来，"人性要大于地域性"，而在雷平阳的《亲人》中，"狭隘"与"偏执"的"爱"，也更集中于"亲人"——亲人与亲情，这当然也属于人性的范畴。至此我们发现，雷平阳与沈苇的共同之处，实际上都是在强调人性对地方性的超越。在这样的意义上，我们就应该认识到，我们的诗歌，即使是对地方性的书写，如果离开了人性，离开了我们对人性的挖掘、体察与表现，作品的意义也非常可疑。而一旦谈到人性，个体自我的精神与情感首先就会被凸显。比如沈苇，他在关于地方性问题的另一篇文字中，就更明确地谈过人性对地域性的超越，实际上就是个体性的超越。[①] 在这样的认识基础上，他进一步提出了"混血的

---

① 《地域性及其他》，张曙光等主编《诗歌的重新命名》，上海文艺出版社 2013 年 11 月版。

诗"的概念，认为按照遗传学的观点，我们每一个个体身上，实际上都混杂着一代一代无数祖先的血，因此他说"所谓'混血的诗'，它的诗学基础仍是自我与他者的关系问题。如果自我是一个混血的人，自我与他者则是一个更大的混血儿，是一个密不可分的整体。这样一个整体的建设，才是攸关性命和未来的"。① 沈苇"混血的诗"以"混血的个体"为基点，并由"混血的个体"出发，将其"混血"的眼光和"混血的方法论"扩展至对个体自我与他者、与无数个他者所组成的地方、族群以至于人类整体之间关系的思考，在如今这样一个文化与族群问题纷争颇多的时代，无疑具有十分重要的思想文化价值。具体化或者仍然返回到我们关于诗歌写作地方性问题的讨论，我们便会很清楚地认识到，在我们对地方性的表达与书写中，个体——一个具有复杂人性或混血的个体——仍然应该处于超越性的核心地位。

坚持地方性诗歌写作中个体自我的核心地位在雷平阳那里也表现得非常明确，比如他在最近的诗集《基诺山》的"序"中，开头就说："访问或讨伐自己，得有一个贴心的地方。尽管闭门即深山，书斋里也有庙堂、当铺和万户捣衣声，但这几年来，我还是不想置身于虚设的场域，思想、肉身、道德观，几乎都因我的选择而浮沉在基诺族人世代居住的基诺山。雨林中的基诺山。人、神、鬼共存的基诺山"。② 因此《基诺山》中的雷平阳，与其以往的写作一样，并未简单地将自己安顿于某一文化、地域或某一族群，而是不断地"讨伐"自己、拷问自己，使诗人的自我

---

① 沈苇：《西东碎语》，《诗刊》2015 年 2 月号（下）。
② 雷平阳：《基诺山·序》，《基诺山》，长江文艺出版社 2014 年 12 月版。

形象日渐丰富、日渐复杂，不断获得新的深度与新的内涵。《基诺山》中，置身于"天地之间，一个人守渡、摆渡，领受/昏天黑地的孤独"，并且"甘愿接受""一阵又一阵闪电的凌迟"，从而不断地挖掘和表达自我，便成了作为抒情主体的雷平阳最为清晰和突出的基本形象，其对诗人根本性的精神困境与文化困境的表达，相当深刻。基诺山这一独特的"地方"，进而也通过雷平阳，通过《基诺山》中的抒情主体或个体自我，得到了切实有效的书写与表达。在二十一世纪以来的中国诗歌中，雷平阳诗中的云南和沈苇诗中的新疆，之所以会让人印象深刻，并且在深度、独特性和复杂性方面超越了许多其他人的"地方"，一个很重要的原因，便在于此。他们的经验告诉我们，只有那些具有深刻、独特和极为坚实的个体性的"地方诗学"，"地方"的表达才会有效，这样的"诗学"，才不会是空洞的诗学；只有对"地方"进行深刻和独特的个体性表达，这样的表达也才会反过来成就一位诗人，成就一位独特的个体。所以我认为，真正有效的"地方诗学"，就应该是个体性的"地方诗学"，而这样的诗学，在本质上，说到底，还应该被称为"个体诗学！"

革命并未远去

——在"辛亥百年与四川小说创作研讨会"上的发言

近些年来,"告别革命"是中国社会和思想文化界的一股很有影响的思潮,再加上西方"后革命"理论和"历史终结论"的影响,我们的思想文化界和文学界的很多人,基本上都持有这样的判断,即革命已经终结,革命已经彻底地远去,我们已经进入了一个"后革命时代"。今年适逢辛亥革命一百周年,有关的纪念活动和纪念方式非常之多,电影、电视剧、电视纪录片、博物馆的专题展览、图书、报刊和像我们正在举行的学术研讨会等众多形式,使得一时之间,"革命"成了今年的一个非常热门的关键性词语。这次来成都,我在机场的书店里,看到关于辛亥革命的书刊甚至设置了专架和专柜。不管怎么样,不管我们在思想上、精神上对"革命"采取怎样的态度,由于"百年纪念"这样一个特殊的机缘,"革命"在今年都以其所特有的方式冲击着我们,"强迫"着我们去认真地对待,认真地反思,就像诗人西川在当年所说的——"历史强行进入","强行"进入了我们的生活,和我们的思想。所以我认为,在"告别革命"的思潮盛行多年的今天,我们正应该借助这样的契机更加深入地重新思考革命,将对"革命"一时之间的热情与关注,变成一个更加深入、更加持久的思想实践。实际上，如果具体考虑到今年国内对辛亥革命的纪念，再加上对世界性的革命思潮和革命运动的观察，我们仍然可以得出这样的结论——即革命仍未远去，我们仍然不能对它简单和轻易地告别。

不过，我要指出的是，我在这里所说的革命，可能含义要更加宽广，更多的指的是人类以自己强大和自觉的主体性将历史掌握在自己手中的现代性的历史实践，某种意义上，虽然会包含着意识形态的内涵，但又应该是超越意识形态的。这种对革命性的历史实践的"超意识形态"思考和"超意识形态"的叙述，在阿来的《尘埃落定》中表现得非常突出。阿来的小说，也为我们这样的思考和相关性的叙事提供了非常有益的经验。几年前，我在与阿来的一次对话中，也很深入地讨论过这个问题。在今天这样的时刻，我更意识到这个经验的非常可贵的超前性意义。

在对革命作上述理解的基础上，我们这些从事文学批评和文学研究的人，甚至是我们的作家和我们的诗人，也似乎不能轻易地和简单化地告别革命，而是要在"告别革命"等思潮盛行多年后的今天，重新、再度地思考革命，重新、再度地思考中国现当代文学的创作与研究中的"革命问题"。长期以来，在"告别革命"等思潮的影响与支配下，我们的很多写作——这包括我们的文学批评、文学研究和文学创作，都有对革命的不同程度的比较"负面"的评价。说实话，无论是"告别革命"等理论思潮，还是在它们影响下的文学文化实践，都有其一定的价值与理由。我们都很尊敬的李泽厚和刘再复先生提出"告别革命"的理论，是有着复杂的历史因由的。西方学者的"后革命"理论和"历史终结论"等，不要说他们的理论内涵非常复杂，就是这些理论的提出，也有着相当复杂的背景。前些年，我们在这些理论影响下的文学实践和学术实践，自然也有其一定的价值，这一切，都需要我们认真地辨析和清理。但在同时，特别是在今天，我们除了要认识到上述实践的价值与理由，更是要重新反思其中的问题与局限，只有这样，我们才能走向不断的深刻。这不仅是思想、学术和文学文化实践的应有逻辑，也是我们目前文学实践的基本现状对我们的要求。

实际上，在新世纪中国的文学实践中，"革命意识"已很突出。在"底层文学""打工诗歌"中，"革命意识"早已出现，只是我们很多人都不注意，更是不能给出应有的评价，而作家或诗人自己，也未必都有着充分的自觉。文学中的"革命意识"是否存在是一回事，我们是否给予了应有的注意和应有的评价，是另一回事，我以为后者，毫无疑问是我们应有的责任；新世纪文学中的"革命意识"还表现在一些面向历史的写作中。这方面，目前以张广天的《切·格瓦拉》《鲁迅先生》《红星美女》等戏剧作品和张承志的很多散文、韩少功的《暗示》《兄弟》等小说为代表。如果我们放开眼光，这方面的作品可能会更多，比如像我们明天将要讨论的魏继新先生的《辛亥风云路》专门写当年的保路运动，就是一例。所以说，如果我们不只是对辛亥革命进行"应时性"和"仪式性"的纪念，而是将纪念作为一个触发我们进一步思考的契机，我们将有很多事情好做。

谢谢大家！

个体文学史的建构

　　二十世纪八十年代以来，中国现当代文学史的研究工作历经几代学者的奋力开拓和共同努力，无论是在作家作品和文学思潮的重新评价，还是在文学史料的深入发掘和重新整理方面，都取得了非常丰富的成果，其中的一个最为明显的标志，就是中国现当代文学历史发展的基本脉络、基本规律和基本格局，包括其中的经典谱系，都得到了新的建构。之所以说这是新的建构，是因为此前二十世纪五十至七十年代的中国现当代文学研究曾经建构过一个适应和配合于当时的政治意识形态和新民主主义革命理论的文学史叙述，二十世纪八十年代以来的重写文学史工作，不仅解构了这样的叙述，而且还有破有立，在新的思想文化背景和历史语境中，重新建构了自己的叙述。深入清理和进一步描述这样的"重构"过程，并且对其做出科学合理的认识与评价，无疑是一个重要、复杂而且也很诱人的学术史课题。但有一点，应该已经是学术界的基本共识，那就是二十世纪八十年代以来的中国现当代文学史研究经过多年来的努力，已经走出以往的"政治化"泥沼，步上了自己的"学科化"道路，不仅建立了自己的学科规范和学科体制，更是形成代不乏人的庞大的学科队伍，走向了初步的成熟。因此，我们正可以用由"政治化"而"学科化"这样的描述来概括和把握二十世纪五十年代以来中国现当代文学史研究的两大阶段和基本走向。

中国现当代文学史研究的学科化进程及其所取得的意义与成就我想不会有人怀疑与否定，但是对其意义与成就的具体估价，我们无疑应该置放在学术史的视野中。而一旦采取学术史的视野，将"学科化"阶段的中国现当代文学史研究进行充分的历史化，其间的长短与得失，怕都是我们所难以回避和应该清醒面对的。我不知道学术前辈与学术同行们会怎么看，以我个人的感觉，"学科化"阶段的中国现当代文学史研究起码还存在着以下两方面的问题：

其一，是我们的学科在走出了以往"政治化"的泥沼之后，某种程度上，又逐步深陷于"行政化"的纠缠之中，并未实现真正的独立。按理说，中国现当代文学史研究学科化进程的启动，就是为了摆脱二十世纪五十至七十年代政治化阶段中政治对于学术的钳制，以知识分子的学术良知与学术勇气追求和捍卫学术尊严与学术独立，这一进程的学术史意义乃至于思想文化意义，很大程度上也都在此。但在事实上，如果我们借用法国社会学家布迪尔的思路来考察，我们的中国现当代文学研究作为一个"学术场域"，并没有获得充分的"自主性"。一方面，纯粹的学术标准并没有在我们的场域中确立其应有的权威性，相反在另一方面，倒是行政性的权力非常强势地伸入和掌控其中，时常置学术标准于婢女、从属甚至是扭曲性的地位。这些年来，我们在课题选择、论文发表、项目立项、学术评奖、职称评定和学科评估等几乎学术研究的全部方面所受到的行政化影响到底有多大，我想每个人都深有体会；从每一个学者，到每一个学科、每一个学术团队，进而到整个中国现当代文学研究领域，在各自的"学术GDP"中行政性的成分到底占多少，若是挤压掉这些行政性的泡沫，脱掉那些"皇帝的衣服"、"现其本相"，情况又会怎样，我想每个人也都心知肚明。所以我们应该承认，当代中国的学术体制，已经很严重地同构于行政体制，某种意义上，学术体制不过就是行政体制在学术界的分支、代理与派生，一个独立自主的"学术场域"并未能够有效建立。因此我认为，如果说在二十世纪五十至七十年代，是政治意识形态完全吞并和整合了中国现当代文学史研究，那么在二十世纪八十年代以后，虽然我们的研究和我们的研究者总体上摆脱了以往作为政治教化工具的身份与处境，获得了一定的学术独立，但在根本上，真正的"学术尊严"和"学术独立"，仍然是我们有待实现的美好理想。

其二，是我们的学科化进程在受到行政化诱导与挤压的同时，由于自身的偏至与迷误而走向形而上学，形成了一种可以称之为"学科意识形态"的东西。这样的意识形态，渗透进我们很多人的内心与思维，几乎是无孔不入，遍布我们学术场域的每一个角落，也几乎贯穿着很多学者的学术生涯，特别是对年轻的研究者，更是起到了非常有效的规训作用。比如一个中文系学生，一进大学，就开始了他的"论文"生涯。各种各样的"课程论文""学年论文"和"毕业论文"等等，接二连三、层出不穷，大学四年，怕要写上三、四十篇。如果再接着读研究生，在硕士生和博士生阶段，除了那些形形色色的"课程论文"，还要完成要求颇高的"学位论文"，大部分学校，还有论文发表的具体指标。博士毕业后，如果进入学术界，那他生命的基本意义毫无疑问就交给"论文"了。他的聘任合同、年度考核、聘期考核、工作量计算、奖金收入、职称评定，还有他在本校本院系以及整个学术界的学科地位、学术声誉等等，全赖于他的"论文"情况。而最关键的，是在对上述"论文"的评估当中，真正的学术价值与学术含量已经退居其次，论文发表的期刊等级反倒成了最为根本的决定性因素。不同于我们读书的时代，现在很多年轻的研究者，非常清楚也非常敏感于学术期刊中的所谓"一般期刊""核心期刊"和"CSSCI期刊"甚至正宗的"CSSCI期刊"与其中的所谓"集刊类""扩展版"间的区别，对于它们的遴选动态往往也会抢先知道，以便使自己的写作准确锁定目标刊物。在"CSSCI期刊"这一等级之上，各个学校各自又认定了一批更高等级的学术期刊，分别冠之为所谓的"权威期刊"（一级、二级）、"一流期刊""A类期刊""B类型期刊"等等，虽然五花八门，名称不同，但都是研究者们梦寐以求和趋之若鹜的奋斗目标……就是这样，以"论文""期刊等级"以及"转载""引用率""项目等级""获奖等级"等所组成的"学科意识形态"，俨然一个庞大与严密的"神圣家族"，牢牢控制和规训着我们的研究者，生产着一代又一代新的"学术主体"。

"行政化"和"学科意识形态"的双重规约，一个很直接的后果，就是严重窒息了学术主体，使得研究者处于"他者引导"的异化状态。中国现当代文学研究领域，本来非常需要研究者的学术个性，需要这种个性之中不仅应该包含着一般的人文学术都应具有的深厚的历史意识和人文情怀，更应该具有对中国现当代历史文化和文学发展的高度关切、深切思考与自觉承担，具有敏感、锐利而又丰富深刻的生命体验、悟性与才情，特别是需要有对文学和对语言的爱。回首二十世纪八十年代以来我们这个学术领域中的杰出学者和他们的学术创造,注重突出中国现当代文学研究的个人性,是他们的重要特点,也是他们学术思想的重要方面。比如陈思和教授,他的学术思想的核心内容就是对个人性的强调与坚持。他很早就主张在中国现代文学研究领域中"应该提倡个人化多元化的学术立场,改变原来定于一尊的文学史结论,从自我出发、从个人的艺术感受出发来阐释文学史现象","应该更加强调个人化的研究,使各种个人的极端的新鲜的观点都有合理存在的权力,这样才能在学术自由中展示本学科的朝气蓬勃的特点"。[1] 而陈平原教授也常置疑文学史研究中的"规模化、集约化、标准化"和"面面俱到、八面玲珑"等属于"集体意志"的东西,强调研究的"个人趣味"和"个人心灵"等"个人性"。[2] 甚至一位中国古代文学史和文学史学的前辈学者,在"检讨"二十世纪中国文学史学的时候,也一再强调文学史研究中"个人生存"和个人的"人生关怀""人生体验"的重要性。[3] 由此看来,突出强调中国现当代文学史研究中的"个人性"——我称之为"个体性"——是我们的研究振衰起敝、我们的研究者特别是年轻的研究者们从"行政化"与"学科意识形态"的异化与迫压中进行精神突围,从而焕发生机、焕发出新的学术生命与学术活力的根本途径。

---

[1] 陈思和:《中国现代文学研究展望》,《谈虎谈兔》,广西师范大学出版社2001年版。

[2] 陈平原:《假如没有"文学史"……》,《假如没有"文学史"……》,三联书店2011年版。

[3] 陈伯海:《20世纪中国文学史学之检讨》,《文学史与文学史学》,北京大学出版社2012年版。

不过，我在这里所说的"个体性"，并不简单地仅仅是指一种学术方法或学术策略，还是指一种精神，一种价值观，是一种以个体作为价值基点的评判和研究文学史的基本原则。按照德国哲学家亨利希·李凯尔特的历史主义观点，历史学家和历史研究的主要对象都应是个体——"历史个体"。历史个体的本质特点，一方面在于其独特性和丰富性；另一方面，还在于其总是联系于历史和时代更加广大的众人和更加普遍的价值观。历史研究的根本任务，就是要呈现和揭示出这些形形色色的历史个体所独有的"个体世界"。① 联系于我们的文学史研究，就意味着我们不仅应该通过我们的研究呈现出每一个研究者各自独特的个体世界，还应该将我们的研究聚焦于文学史上的一个个作家与诗人，揭示出他们的独特世界。就前者而言，实际上就是像如上所述的陈思和、陈平原等前辈学者所强调的那样，"应该提倡个人化多元化的学术立场"，"从自我出发、从个人的艺术感受出发来阐释文学史现象"，从而使得每一个学者的文学史研究，都能体现出研究者个体的精神、情怀、风格、方法和价值观，他的问题、他的痛苦、他的丰富复杂的内心世界和他真诚的思想探索，都包蕴在他的学术研究中。这样的研究，就不再只是简单和被动地听命于行政，迷惑于种种学科意识形态，而是服从自我生命的精神指引，争取和捍卫研究者自身的学术自主，在异常可贵和唯一属己的一次性人生中，从事真正具有价值的研究。

而在研究者个体自由自主的文学史研究中，我之所以强调要

---

① 亨利希·李凯尔特：《历史上的个体》，《历史的话语：现代西方历史哲学译文集》，中国人民大学出版社2012年版。

聚焦于文学史上作为一个个"历史个体"的作家与诗人，除了李凯尔特历史哲学的启发外，更主要的原因，是因为在本质上，文学史就是由一个个作家与诗人的个体实践所组成，没有这些实践，所谓的文学现象、文学思潮和文学运动等等，全都是乌有。如果我们对这些个体没有坚实、充分和相当有效的深入研究，那所谓的"中观研究""宏观研究"，全都是扯淡。我们见多了那些缺少基本的文本感悟和解读能力、对于相关的作家个体也没有研究基础的所谓"宏观论文"，说白了，不过都是些学术领域中好大喜功的"豆腐渣工程"。在这个意义上，倡导与加强个案研究，就具有了学术纠偏的意义。长期以来，文学史研究特别是中国当代文学史研究相对忽视个案，更加盛行宏观研究。宏观研究的论文发表、转载、项目申报和评奖等等相对便利，而个案研究如"作家论""诗人论"和"作品论"等等，总是被认为题目太小，不被重视。很多作家与诗人们的个体价值，也难得到文学史的充分尊重。在我们的很多当代文学史研究和文学史编纂中，一个作家或一个诗人，他们的价值，往往都是被置放在文学史潮流中来显示与评价。这一点，许子东通过对几部当代文学史编纂的比较研究，曾经有很明确的揭示。他认为，这些年来的"各种当代文学史有一个共同点，就是都以题材、现象（而不是以作家作品）来结构文学史"，"越晚出版的文学史，这种重现象思潮、轻作家文本的倾向越明显"，古代文学史编纂和像夏志清《中国现代小说史》、钱理群、温儒敏、吴福辉的《中国现代文学三十年》等优秀的现代文学史著都很突出重要作家，"何以在当代文学史中，章节结构却总是以题材或现象加文体而贯穿？（前三十年总是文艺运动——农村小说——革命历史——知识分子，然后散文——

新诗——历史剧,再加一章文革。后三十年总是伤痕——反思——寻根——先锋——新写实,再加朦胧诗——散文——戏剧及 90 后……)六十年文学,难道真的太少(抑或太多)代表作家著名作品?","为什么近年当代文学史大都不以作家、作品为主轴而展开论述呢?"① 虽然我并不完全同意许子东接下来的分析,但他所揭示的问题和他的质问却很针对当代文学史研究的学术现状,促人警醒。

　　创作个体,无论是对文学史来说,还是对于文学史研究,都是最根本的基础,不仅应该是文学史研究的核心与起点,也是衡量和决定一项文学史研究之价值与有效性的根本因素,这方面,夏志清的文学史研究能给我们很多启示。我们都知道夏志清先生《中国现代小说史》的独特性与重大价值,但是在根本上,这种独特性与重大价值,正是源之于他独特的学术思想,建立在他的从作家个体出发、聚焦于作家个体的学术思路。围绕着夏志清的《中国现代小说史》,国际汉学界曾经有一场影响深远的著名论战,那就是捷克汉学家普实克和夏志清本人就中国现代文学史研究所进行的论争。这场论争,实际上就是文学史研究是要从个体出发还是相反的两种学术思想和学术思路之间的论争,在这场论争中,夏志清也很明确地表达了自己的"个体文学史"观念和文学史研究的基本原则。夏志清非常重视作为历史个体的重要作家,认为"对他(文学史家)来说,一位与时流迥异、踽踽独行的天才,可能比大批随波逐流的次等作家,更能总括一个时代",

---

① 许子东:《四部当代文学史》,王德威、陈思和、许子东主编《一九四九以后——当代文学六十年》,上海文艺出版社 2011 年版。

因此,"文学史家的第一任务,永远是卓越之发现与鉴赏","批判地审察某一时期的重要的、有代表性的作家,并简括综述其时代概况,让他们的成败在历史过程中被了解",① 应该是文学史家的基本任务。正是通过对张爱玲、钱钟书等一些作家个体的"卓越发现"与深入研究,他的《中国现代小说史》才建构起了一个"夏志清版"的文学史叙述,这一叙述深远持久的巨大影响,也反过来证明了从个体出发进行文学史研究的可靠性与有效性,这是一项极其宝贵的学术史经验。百余年来,中国现当代文学出现过很多杰出的作家与诗人,我们正应该汲取夏志清等前辈学者文学史研究的基本经验,注重个体,"从自我出发、从个人的艺术感受出发","批判地审察"迄今为止中国现当代文学史上"重要的、有代表性的作家",通过大量的个案研究,建构起各有特点、充分体现不同研究者的个体性、复又聚焦于文学史上重要作家或重要诗人等众多"历史个体"的文学史叙述——我们称之为"个体文学史",只有这样,只有我们的文学史研究在"夏志清版"之后,越来越多地出现更多研究者的不同"版本",一个自由自主、生气勃勃和生动有力的局面才会到来。

---

① 转引自陈国球:《文学如何成为知识?》,三联书店2013年版,第90~98页。实际上,夏公此语很暗合于李凯尔特,将其所重视的作家个体同样视为是"历史个体",而非"抽象个体"。

代群意识的辩证

《名作欣赏》2014年第9期辟"文学新青年"专号，集中关注"80后"文学，又一次突显出这些年来的文学界和我们研究界的一种代群意识。二十一世纪以来，我们的代群意识越来越突出，特别是在对"80后"文学的关注之中，这种意识表现得非常强烈，以至于很少有人会怀疑对于这些写作者们代际命名的有效性。这是"新时期"以来的中国文学中代群意识最为强烈的一段时期。

在我们的当代文学史上，"新时期"之初，当时的"右派作家""归来者"诗人、"朦胧诗人"和"知青作家"的群体性出现和被批评界与文学史的指认，更多突出的，还是他们的政治历史身份、精神立场和美学特质，只有当时的"青年作家"和"青年诗人"，他们的大量出现和被指认，所突出的才是他们的年龄。文学史命名，当时主要关注的，还是前者。但在那以后，"新时期"文学的代群意识却越来越自觉、越来越被不断地突出与强化，这在后来对"第三代诗人""晚生代作家"（或称"新生代作家"）、"70后"作家和"80后"作家与诗人的一系列命名中，表现得非常明显，以至于形成了一种非常突出的"代际焦虑"。

批评家们动辄仅仅根据作家出生的时间与年龄不假思索地作代际命名，很多写作者也都会很自觉地为自己寻找代际归属。目前，随着"80后"一代的长大成人，已经又有人关注起所谓的"90后"作家了。

我们应该承认，如果从代群的角度来考察二十一世纪以来的中国文学，这段时期的文学确实是由不同代群的作家与诗人们的实践所共同构成，他们之间各有特点、互有差异，形成了丰富复杂的张力关系，也构成了我们文学成就的丰富性与复杂性。但是在另一方面，我们不仅很少追问"80后"等不同代群中所谓"代表性作家"的"代表性"，更少追问每一代群内部的差异与张力，而代际命名的局限与问题，也很少被我们深入地去反思，诸般问题，非常值得进一步讨论。我认为理想和有效的文学命名，应该像我们对"九叶诗派""归来者"诗人或"朦胧诗人"的命名那样，建立在他们的文学实践与社会文化历史或文学史之间的深刻联系，而我们关于"80后"的命名，更多地却只是基于他们的自然年龄，有效性十分可疑，也很难以经得起时间的淘洗与学理性的检验。但很无奈的是，事已至此，大家至今都未找出一种更有效的方法来把握和命名"80后"一代的更加本质的方面，所以只能将错就错，姑且沿用。所以在这样的意义上，我以为《名作欣赏》的这期专号，正是属于这样的情况。但也正是在这样的意义上，我对《名作欣赏》的努力，又是非常肯定的。以前人们一说起"80后"，首先就会想到韩寒、郭敬明和张悦然，诗人当中会想到郑小琼，后来又出来了个笛安，再后来，一个又一个非常优秀的"80后"作家与诗人，还有"80后"的文学批评家们陆续出现。此时，人们方始意识到，"80后"其实有一个很大的阵容，但作为个体，他们之间也有着很大差异。这期专号，就是对这一阵容和这些个体的很有规模的展示。甫跃辉、张怡微、郑小驴、续小强、戴潍娜和刘涛、金理、黄平、项静、丛治辰、李一等属于"80后"一代的作家、诗人与批评家集中展示了他们的特点与实力，虽然在他们之外，我知道还有很多优秀的"80后"们，但这次展示，对于"80后"这一概念的内涵，是一次非常有力的补充，某种意义上，也是对"80后"命名的合法性和有效性的"挽救"——虽然我相信，随着时间的推衍，"80后"们终将会分道扬镳，"80后"这一概念与命名也终将解体，但我们现在要做的，还是得像《名作欣赏》这样，尽量全面地搞清楚到底都有哪些值得关注的"80后"，先来一个起底！

积极营造健康的文学生态

二十一世纪以来，随着世界格局的巨大变化和我国社会、经济与文化的持续转型，我们的文学也出现了许多新的情况。在这些情况中，一个非常重要的方面，就是我们的文学生态变得更加丰富，也更加复杂。如何针对这一情况采取相应的对策，是关系到我们的文学是否能够健康地繁荣与发展的重大问题。

文学领域和自然界一样，需要一个健康良好的生态。健康良好的文学生态，意味着我们的社会和我们的民族拥有着健康积极的精神生态，在这样的状态中，我们的文学能够自由和谐协调稳定地良性发展，优秀作品层出不穷，正面价值成为主导，即使遇到或出现一些来自外部或源自内部的不良因素，这样的状态也会具有非常强大的自洁功能，能够通过自我调适来达到新的平衡，并以此促进我们的文学进一步的繁荣与发展。所以，在这样的意义上，我们首先就要认识到，正像自然界的生态平衡必须建立在生物多样性的基础上一样，文学界的生态平衡，也要保持文学的多样性，特别是优秀作品的多样性。习近平总书记在文艺工作座谈会上的讲话中明确要求文艺工作者要以自己的艺术个性进行创新，强调要坚持百花齐放、百家争鸣的方针，发扬学术民主、艺术民主，营造积极健康、宽松和谐的氛围，提倡不同观点和学派充分讨论，提倡体裁、题材、形式、手段充分发展，推动观念、内容、风格、流派切磋互鉴，同时也批评目前文艺创作中存在着的抄袭模仿、千篇一律和机械化生产等问题，实际上就是要求我们要努力维护文学的多样性，使我们的文学生机勃勃、健康发展。

但是在另一方面，也正像自然界的生态平衡并不是静态和绝对的一样，文学界的生态平衡也是动态和相对的。比如，在二十一世纪以来，市场化对文学影响的加剧、网络文学的发达、"80后"以至于"90后"作家的出现、玄幻和穿越小说的盛行、文学批评的学院化倾向，以及我们与世界文学进行交流互动的日益频繁与深广，等等，这些新的现象，都是在文学原有的生态系统中加入了新的因素，都会在不同程度上影响原有的文学生态。特别是像习近平总书记在讲话中所指出的低俗化、欲望化和单纯追求感官娱乐等问题，有时甚至会恶化我们的文学生态。因此，我们在努力维护文学多样性的同时，也不应该听之任之，放任自流，置文学生态的病变与恶化于不顾，而是应该积极地有所作为，努力营造健康的文学生态。

营造健康的文学生态，我以为起码有两个方面的工作目前更需要加强：一是应该加强文情观测工作。我们这个时代，社会生活与文化状况瞬息万变，科学技术发展也日新月异，文学创作的题材、内容、媒介传播甚至阅读方式（如目前微信传播与微信阅读的流行）相应地也在不断变化，这些文学生态的动态变化，非常需要及时地进行动态追踪与调查研究，将那些优秀的文学作品和那些值得肯定的文学现象非常及时地突显出来。这是营造良性和健康的文学生态的基础工作，显然应该进一步加强。二是应该加强文学评论工作。文学评论具有非常重要的调节功能。它能在坚持和追求真善美的永恒价值的基础上，一方面有所弘扬，有所倡导，充分评价与肯定那些优秀作品，总结它们的经验，扩大它们的影响力；另一方面，对于那些违背或偏离这一永恒价值的文学现象，也能够及时地纠偏守正，激浊扬清，以避免文学生态的病变与恶化。这两项工作，实际上都意味着我们这些从事文学研究与文学理论批评工作的学者和批评家们应该充分认识到时代所赋予的重大使命，为营造健康的文学生态，推动文学的发展与繁荣而努力工作。

民族精神的诗性表达

当代中国的文学与文化史上，经常会出现一些文学与文化热点，比如二十世纪五六十年代和八十年代先后两次出现的"美学热"，八十年代的"文学热"与"文化热"，它们的"热度"与深度和它们所波及的广度，即使在世界范围内，可能都非常罕见。"诗歌热"也是如此。实际上在当代中国，几乎在每一个历史时期，都曾出现过情况不同的"诗歌热"。改革开放以来，从起初的"朦胧诗"热潮，到后来的"大学生诗歌""第三代诗歌"运动和"席慕蓉热""海子热""汪国真热"，再到二十一世纪以来的"打工诗歌热""网络诗歌热""地震诗歌热"和最近兴起的"余秀华热"，"诗歌热"此起彼伏，很少间断。近几年来，各地经常举办形形色色的"诗歌朗诵会""诗人雅集"和"诗歌节"，再加上《诗刊》《星星》和《诗歌月刊》等主流诗刊的改版扩容、诗歌出版的越来越兴盛和"微信""微博"与"博客"等网络自媒体对诗歌的有效传播，"诗歌热"更是如火如荼，同时也具有了新的内容与新的特点。怎样看待"诗歌热"？怎样对我们的"诗歌热"进行积极有效的引导？这无疑是摆在我们面前的迫切课题。

首先我们应该承认，我们的"诗歌热"总体上延续了我们中华民族重视诗歌、热爱诗歌的精神文化传统。在我国历史上，诗歌一直具有相当突出的文化地位。《诗经》为"六经"之首，"诗教"对中华民族文化血脉和精神品格的养成起到了非常独特的作用。诗歌往往从童蒙时代开始，就是我们祖先精神世界和精神生活中的重要内容。吟诗作对、唱酬应答、文人雅集和感时伤别、诗酒风流，是我们延续千年的诗歌文化和诗歌生活传统。"诗歌热"的持续不断，不管其中的具体内容和形式有何新变，都是我国诗歌文化传统的当代体现。

　　谈到"诗歌热"的当代性，我们自然应该考虑到"诗歌热"的当代背景。一种精神文化传统是否还有生命力，是否还具有当代性与当代活力，还取决于它的当代背景。二十世纪八十年代的"诗歌热"，响应和体现了我们这个民族当时所具有的精神觉醒和精神解放的渴求；而当前的"诗歌热"，则是我们在经济建设取得举世瞩目的巨大成就、物质生活水平得到满足与提高的前提下精神生活渴求充实、渴求丰富和渴求提升的表现，是我们这个民族精神渴望的诗性表达，这是我们务须正视的热切诉求。就我个人的接触和了解，我发现"诗歌热"中的几乎每一位参与者，都怀有一颗美好的"诗心"，特别是其中的一些推波助澜的活跃人士，甚至是在以不同的方式在"圆"他们当年曾有——后来也许因为经商、也许因为从政等各种原因而错失了的——美好的"诗歌梦"与"文学梦"。

　　认真回顾一下这些年来的"诗歌热"，我们便会发现，它们实际上也从一个方面体现了我们诗歌创作的成就与实绩，体现了诗歌史的发展与新变。我们不否认"诗歌热"中会有一些媒体炒作和一些低俗趣味的恶搞，在目前这样的网络时代，这与其他一些社会文化热点一样，似乎很难避免；我们也不否认有一些相当优秀的诗人因为沉潜，因为独特不群的诗歌风格与诗学追求而远离热潮，在"诗歌热"之外潜心创作、磨炼诗艺。但我们在总体上和更加主流的方面，应该看到从当年的一群"朦胧诗"人，到"海子热"中的海子、"打工诗歌"中涌现出来的郑小琼和最近"余秀华热"中的余秀华，都取得了相当突出的成就与成绩。在"诗歌热"的其他一些表现形式中，人们阅读、朗诵和传播的诗歌作品，既有经典名篇，也有很多优秀的新作。"诗歌热"是由很多优秀的诗歌作品和诗人作为实质性的内涵和支撑的，绝对不是"虚热"。人们在"诗歌热"中的热情，焕发和体现出来的，是我们这个民族亘古以来一直就有的诗心与诗性。

有了对"诗歌热"的以上认识，我们在一方面乐见其"热"的同时，就应该充分利用"诗歌朗诵""诗歌节"和"诗歌讲座"等各种场合，利用包括"微博""微信"等自媒体在内的各种媒体形式进行积极有效的引导，将人们的诗歌热情引导到诗歌素养的自觉加强与提高上，使人们的精神生活更加开阔、更加丰富、更具品质，从而在越来越深、越来越高和越来越丰富的层次上继承和发扬我们民族的诗歌文化传统。我很坚定地认为，这也是我们中华民族伟大复兴的应有之义。

《介入的写作》后记

——(《介入的写作》，上海三联书店 2007 年版)

历经磨难，这一本书终得出版，非常感谢上海三联书店的朱慧君女士。

2006 年，运交华盖，起初的热情消失殆尽，原拟撰写的"自序"或"后记"也已放弃。对于种种，对于自己也许是很不幸地厕身其中的目下中国所谓的"学术界"，似乎已是无话可说。无话可说，也并不是怎样的消极，怎样的颓唐，而是在年过不惑之后真正的彻悟。但我也非常清楚，真正的彻悟并不可能。这是因为，我们仍然在仰望星空，我们仍然深怀梦想，即使是在无边的暗夜。阿伦特，一个我所景仰的女性，一位伟大的知识者，她曾写有这样的诗篇，纪念本雅明，纪念这另外一位伟大的思想者：

有时，黄昏会再度降临/夜幕从星空垂落/我们放下张开的双臂/在近处，在远方//黑暗中轻轻地传来/古老的小乐曲，凝神聆听——/让我们抛却杂念/让我们最终散去//远处乐声缭绕，四下哀伤笼罩/是那乐声，还有这些亡者/被我们作为信使遣去的这些亡者/在前方引领我们安然入睡……

是的，在我们的内心之中，永远有对神圣的向往。真正的文学、真正的学术、真正的思想和美，仍然引领着我们，让我们九死未悔地努力、奋战，并且救助我们。

收集在这里的文字大都发表过，因此，我要特别感谢最初发表它们的《文学评论》的董之林女士、《当代作家评论》的林建法先生、《上海文学》的杨斌华先生、《人文杂志》的杨立民先生、《甘肃社会科学》的董汉河先生、《江苏社会科学》的李静女士、江苏省作家协会的晓华女士、《南京师范大学学报》的段业辉先生、陆林先生，感谢陈思和老师和周立民兄。原拟收入的其他一些文字因故未能编入，在此意义上，尤其应该感谢最初能让它们问世的《文艺争鸣》的郭铁成先生、朱竞女士、《当代作家评论》的林建法先生、《书屋》杂志的胡长明先生和《文艺评论》的韦健玮先生。《二十世纪八九十年代的中国小说与现代性问题》是我在南京大学师从丁帆老师攻读博士学位时与丁老师合写的文字，最初题为《论二十年来小说潮流的演进》，发表于《文学评论》1998年第5期，当时由于篇目等方面的原因有所删节，现予补充刊行。

2007年1月12日芳草园寓所

《精神的证词》后记

——(《精神的证词》，吉林出版集团2009年版)

总得应该说些什么，在一本书编就之后。但是真的与以往不同，这一次，好像除了想对张学昕兄表示感谢，想对其他有关师长和朋友表示谢意外，真的有了无话可说的感觉。心境黯然。所以这"后记"，总是一拖再拖，难以交稿。

也不知从何时开始，总是容易被失败的情绪所笼罩，总是会有严重的挫败感。人世苍茫，一个个体的失败，包括他的痛苦乃至于消失，真的也都是无足轻重的事情。我们真的要学会自助。过分的絮叨，不仅是于事无补，也许还是徒增嫌厌、自讨没趣的事情。因为不管你如何，时代与世事，自都会我行我素，置你于无趣，并且将你一再挫败。时世真是非常无情。但我还是想说。一方面，是因为一本书，总得要有一个"后记"，这也是这一套丛书统一的体例；另一方面，书名取《精神的证词》，其"后记"似也应该体现其"证词"的意义，顺便记录自己的"精神"。

说到书名，实际上是有夸张之嫌的。本来是想，不管是在怎样的时代，总是会有一些知识分子在以他们的文学与文化实践体现着知识分子的精神尊严，成为不同时代中知识分子的精神证词。本书中的有关专题或论文对某些作家、某些文学思潮、文学现象乃至于某一时期的文学都提出了批评，所基于的精神立场，实际上也是看其在不同的历史语境中有无坚持和实现知识分子的精神尊严。另一方面，以"精神的证词"为书名，也是想喻示，我个人的实际上真是为数不多的写作，在精神根底上，也是有所向往，有所追求的。对于以写作去体现或证明自我的精神尊严，一直是我虽然也许注定失败、但却从未放弃的内心梦想。所以说"夸张"，主要就是于此而言。

在《介入的写作》（上海三联书店2007年版）"后记"中，我曾经以阿伦特纪念本雅明的一首诗来表达自己对"真正的文学、真正的学术、真正的思想和美"的向往，我在这里仍然想说，这样的向往仍未放弃。尽管是"心境黯然"，但我却仍未放弃。我仍寄望于我的梦想——我从年轻时就已开始的梦想。

收集在这里的文字大都发表过，因此，我要特别感谢最初发表它们的《文学评论》的董之林女士、《当代作家评论》的林建法先生、《文艺争鸣》的郭铁成先生、朱竞女士、《南方文坛》的张燕玲女士、《上海文学》的杨斌华先生、《钟山》杂志的贾梦玮兄、《书屋》杂志的胡长明兄、《文艺评论》的韦健玮先生、《人文杂志》的杨立民先生、《甘肃社会科学》的董汉河先生、《江苏社会科学》的李静女士、江苏省作家协会的晓华女士、《南京师范大学学报》的段业辉先生、陆林先生、《扬子江评论》的黄发有兄、《艺术百家》的朱君兄。感谢陈思和老师和周立民兄。《二十世纪八九十年代的中国小说与现代性问题》是我在南京大学师从丁帆老师攻读博士学位时与丁老师合写的文字，最初题为《论二十年来小说潮流的演进》，发表于《文学评论》1998年第5期，当时由于篇目等方面的原因有所删节，现予补充刊行。

本书第一辑"二十世纪九十年代以来中国文学中的现代性问题"是我在复旦大学中文系博士后流动站的出站报告，非常感谢陈思和老师的指导与宽容。

2008 年 8 月 1 日

既是自传，也是文学史
——关于张炜、朱又可《行走的迷宫》

我想起一段往事——那是在 2009 年的时候，四川省作协组织我们到九寨沟去，在成都开会，顺便到九寨沟旅游。在宾馆的房间里，我记得已经很晚了，我和《文学报》的记者朱小如先生在房间抽烟聊天。2009 年，整个中国都在重新叙述和总结共和国 60 年的各个方面，我们在感慨之余，我忽然说起一句话，我说，共和国这漫长的 60 年，我们的文学界有没有一部长篇小说能够无愧于这 60 年的悲欢、苦难和沉重？之所以提出这个问题，是因为漫长的 60 年，应该有一部长篇小说能够相称于它的历史。我们不禁都很认真地陷入了沉思，然后是闷头抽烟，大概抽了有半截香烟，我们俩几乎同时脱口而出，同时报出张炜《古船》的名字。我们无比兴奋。回南京后，我对《钟山》的主编贾梦玮兄说起这件事，梦玮说，我们可不可以对中国的当代长篇小说做一个排行榜？因此，这就有了《钟山》那年的邀请国内 12 个批评家对"文革"后中国的长篇小说做一个"排行榜"的事情，当时，陈老师和新颖都参加了，这件事情影响很大。当时我在自己的"榜单"里，就是把张炜的《古船》排在第一的。因为有担当，才会有经典，这其中，是有必然联系的。

作家生命经验的表达在《行者的迷宫》中有很多，非常值得我们深思。书中讲述了张炜的生命历程，讲述了他在大地上的行走，包括他的很多思想经验。书中有一句话我印象非常深，这就是张炜说到的整理我们个人思想的问题。这句话是这样说的——"整理个人的思想，这是一个庞大的计划"。"文化大革命"以后，我们经历了漫长的思想历程，在今天这样的时代，可能很有必要整理我们的思想，张炜提出了一个非常重大的问题。其实除了这些，我们在把这本书作为一个自传，作为一个精神自传、思想自传外，我觉得作为口述史，还有一个很重要的文学史价值。书里提供了很多对我们理解张炜创作的渠道和进口、入口，我们只有读了这本书，才能够很好地理解他的文学创作的之所以然，才会理解他的作品为什么会有这样的面貌。另外，里面还有很多重要的文学史细节，比如说这本书开头所谈到的在《古船》问题上，一位很重要的领导人给张炜写了一封信，这个就是很重要的文学史细节。像这样的领导人不光对《古船》，对1980年代初期的中国文学创作其实都起到了非常巨大的影响和作用，从这个意义上讲，这本书所提供的非常丰富的文学史信息，非常重要。

我们这个时代的文学重器（节选）

一

何言宏：虽然我们在上海书展期间已经就《蟠虺》有过交流，这一段时间，文学界对《蟠虺》的讨论也比较多，但我总觉得意犹未尽。一方面，是我个人对《蟠虺》似乎还有话要说，似乎也还有问题需要请教；另一方面，就我所读到过的关于《蟠虺》的文字来看，有些问题还尚未涉及，有些涉及的方面，似乎也还有进一步深入与展开的必要。大家有一个基本的共识，就是都认为《蟠虺》是你自长篇小说《圣天门口》以来最为重要的作品，在你个人的创作史上，相当重要。实际上，我认为还不仅如此，在当下中国整个的文学格局中，《蟠虺》的意义都非常重要，非常独特。所以我说，《蟠虺》是我们这个时代的"文学重器"，就像作品中的曾侯乙尊盘是一种"青铜重器"一样，它的分量非常大。这样一部有分量的作品，它的"生产"过程，虽然在其他场合你也曾约略谈到，但我很想更加全面地多做些了解。《蟠虺》的创作，具体动念于何时？其间又经历了怎样的创作过程？

刘醒龙：严格说来，《蟠虺》动笔之初，算不上是《蟠虺》写作的开始。真正的开始，是写作进行中，找到"识时务者为俊杰，不识时务者为圣贤"这句话以后。第一次对曾侯乙尊盘有所了解是 2003 年，面对难以言说的奇妙，心中曾闪过一丝念头，这或许可以写进小说里。真正萌生写作意念是从获"茅盾文学奖"后的纷杂中沉静下来的 2012 年初。曾经沧海难为水，文学最能使人进入如此境界。文学奖项背后的世俗浊流，会让真正的作家更加忘我地投入到文学沧海之中。作家对世界的认知，有相当部分不需要太劳神费力，文学界本身就是小社会，对文学界认识深了，对社会的认识一定浅不了。《蟠虺》是在写到《蟠虺》全书的三分之一处才真正开始的，写到约十万字时，某天深夜，突然有了"识时务者为俊杰，不识时务者为圣贤"这句话，那一刻我才体会到这部小说写作对我的意义所在，甚至是对中国当代文学的意义所在。

何言宏：所以在《蟠虺》的开头，就是曾本之"用尽全身力气"写下了"识时务者为俊杰，不识时务者为圣贤"这样的话。是做一个"圣贤"，还是做"俊杰"，抑或是做那些颇通机变的"英豪"，或者是做"君子"、做"小人"等等，是整个小说中不同人物的人格选择，我甚至觉得，这就是整个小说最基本的主题模式。我以为不光是《蟠虺》，你的很多小说实际上都潜隐着这样的模式，即道德和伦理的主题模式，正是在这种支配性的主题模式外，作品再呈现出丰富多彩的故事情节。毫无疑问，《蟠虺》的主人公曾本之所企慕的人格境界，就是青铜重器所喻示着的君子人格。他与小说中的马跃之、郑雄等其他人物之间发生的故事，无论是互相认同，还是反复冲突，实际上都与他的人格理想密切相关。《蟠虺》中多次出现青铜重器只属君子这样的话，有时是他对别人陈说，有时又是他自言自语，都表现出他不断地在以君子人格来砥砺自己。

刘醒龙：青铜重器只与君子相伴。这句话在写作过程中冒出来后，心情突然变得异常沉重。这种感觉一旦出现就不肯消失，甚至在想象两位资深学者互斗对联这类略带娱乐的细节时，依然如是。天地间轻的东西总是向上方的高处漂移，重的物质则会往下，必须是坚实的地方才能存放。这让我不得不思量，物质世界的坚实环境，比如塔基和桥墩一类，换成精神生活，就只能是灵魂的底线。国之重器象征国家的基本实力，人之重器无疑是一个人的灵与肉的质量。再大的大人物，如果灵肉质量有问题，到头来依然只是小人一个。生命能够承受多大的重量，是由其底线的构筑质量所决定的，将一百吨的大吊车，安放在五吨吊车的底座上，不要说它能吊起多少重物，可能连自身的正常姿态都达不到。所以，这部小说想做到的是为时下人性划出底线。

何言宏："识时务者为俊杰，不识时务者为圣贤""青铜重器只与君子相伴"，这两句话都是在《蟠虺》写作过程中才"冒出来"的，从对作品主旨的明晰与确定来说，这无疑是《蟠虺》创作过程中的两件"大事"，但在创作中苦思冥想，也真是辛苦啊！"识时务者为俊杰，不识时务者为圣贤"是作品起首的第一句话，起到了为作品定调的作用。我们都知道文学作品第一句话的至关重要，这第一句话，一定也是颇费思量、几易其稿吧？

刘醒龙：小时候看京剧《红灯记》，小鬼子鸠山劝降李玉和时，就要他识时务，让人觉得"识时务的"肯定不会是好东西。长大了，见多了，又发现在敌我之外的日常世俗之中，往往以识时务为首选。就说读书人，八十年代初期，重提重视知识重视人才，一阵风将许多乌纱帽吹到读书人头上。没过多久，又有许多人停薪留职下海去。从拼命上大学，到千方百计当官，再到疯狂捞钱，这样的时务，也可以看作是人生进步过程中的一种。对于另一些人，认准那种自己最看重的价值，心无旁骛寂寞地坚持下去，不在乎是否会成为又一个西西弗斯神话。在1994出版的长篇小说《威风凛凛》勒口上有一句话：作家有两种，一种是用思想和智慧写作，一种是用灵魂和血肉写作，我愿意成为后者。这些都可以看作是"识时务者为俊杰，不识时务者为圣贤"这句话的准备过程。

何言宏：最终确定为目前的"识时务者为俊杰，不识时务者为圣贤"，它与"青铜重器只与君子相伴"这句话在小说中互相交替着几度出现，像是交响曲中的一个主要旋律，将作品的基本主题牢牢铆定，起到了你前面所说的"精神底座"的作用。

刘醒龙：当代文学需要一些结实的成分，这也正是交响曲的特点，一切的交响曲必不可少的正是那种令人无法抵挡的结实。文学只有结实起来，才有机会展现强大魅力。

二

何言宏：有时候，文学作品的命运真的是作家本人所难以左右和预测的。文学史上经常会有这样的例子，就是作品问世后，它的意义与价值——不管是在社会、思想和文化方面，还是在文学方面——被人们进一步挖掘、阐释并且产生更加广泛和更加深远的影响，经常为作家所始料未及。我想《蟠虺》所已经产生的影响，不少方面已经是你所始料未及的了。《蟠虺》出版后影响很大，从媒体报道、读者提问、学术研讨甚至私下交流等很多方面，我想你都有很多感受。

刘醒龙：《蟠虺》刚刚问世，就有命运一样的东西出现，湖北省博物馆馆长方勤在新书发布会上得知，书中根据"曾侯乙"来推测，春秋战国时另有"曾侯甲"或者"曾侯丙"，便再三问本书是何时出版的。责任编辑谢锦告诉他，最早一批书是2014年4月出版的。方勤大为诧异，正是4月间，在随州出土了属于"曾侯丙"的春秋战国青铜器。听得此言，感觉就像与命运在拐角的地方撞了一个满怀。作品的命运在某种意义上讲比人的命运更难把握，人在做什么事情时，心里是完全有把握的，严谨的人更会将这种把握运用到极致。作品在人群中流传开来的情形大不相同，阅读者如何理解，作者与作品毫无办法。就像前些年，大家硬说我的一部中篇小说是为贪官污吏"分享艰难"那样。很多时候，人们摆明了就是要戴着有色眼镜，抱着特别目的来阅读的。正因为如此，小说出版后，一些人大呼过瘾，《人民日报》

破天荒用整版推介这部小说后，惹得不少人私下里询问是不是还有其他暗示性背景。另一些人则恼羞成怒，逮着机会就玩些偷鸡摸狗的小动作。活这么久，见得多，对于这些早已宠辱不惊了。一个成熟的作家，只是敢于担当还不行，还要担当得起。迄今为止那些阴暗者还没有公开跳出来，说明我还有担当的力量。这就行了，半辈子写作到了这份上，除了写作其余身外之物，皆可如曾本之与马跃之那样，当成鼻屎！

何言宏：哈，这就是始料未及，太有戏剧性了，《蟠虺》甚至预言了"曾侯丙"的存在。

刘醒龙：还有一件事，《蟠虺》出版后，我给好朋友、武汉电视台台长顾亦兵送了一本，他是我们这座城市里难得的真正读书人。有天深夜他突然发信息说，他在读《韩非子》，发现关于"虺"的新的解释。在通常的典籍，作为一种毒蛇的"虺"被解释为，虺五百年为蛟，蛟一千为龙。但在《韩非子》那里，虺还是一种长着两只口的，为着争抢食物，常常互相撕咬的蛇家伙。这种古老的解释与小说的某种喻义相契合，看上去是始料未及，实则是古今大势的灵魂般沟通。

何言宏：对我来说，《蟠虺》还兼有考古学方面知识普及的意义。我以往对青铜器了解不多，关于范铸法、失蜡法等等，都是从《蟠虺》开始才逐步去了解。老实说，为了《蟠虺》，我还补读了不少艺术史和楚文化方面的书籍。但对《蟠虺》，我感受最深的，还是它的思想文化内涵。记得那天在上海书展上，我就是从这个问题开始谈起的,后来因为时间关系等原因,这个话题未能展开,所以这次咱们可以先多谈谈。我是在文化与文明重建的层面上来看《蟠虺》的价值的。这方面,你不一定都同意我的观点,更不一定都符合你的创作初衷。但《蟠虺》的冲击力,还真的也表现在这个方面。这些年中国的思想界、文化界,以及我们的政府,当然也包括我们的文学界,一个非常巨大的焦虑,就是在世界性的文化格局中如何体现我们中华文化与中华文明的重要地位与影响力的问题。《蟠虺》的出版,正当其时。当然你的初衷,一定不是要通过写这么一部长篇小说来表达这样的焦虑,可是它在客观上,真的做了很好的表达,而且还表达得特别好,特别明确、自然,而且也深刻。所以,我也竭力地向思想文化界的好几位朋友推荐了《蟠虺》,要他们一定好好看看。具体地说,《蟠虺》这方面的内涵,在关于蟠虺的制作方法的追问中,表现得非常突出。实际上,小说基本的叙事过程或叙述动力,就是这个问题,即它到底是用咱们老祖宗所固有的"范铸法",还是用西方人的老祖宗所固有的"失蜡法"制造出来的。这个思路,很明显地具有文明追索与文化追问的意味。

刘醒龙:茫茫人海,总可以找到思想上志同道合的朋友。作为先锋者,不管是在思考时,还是将思考结果用某种形式叙述出来时,内在的痛苦是巨大的。这时候的人真的是一个拓荒者,没有水喝,没有粮食吃,能生存下来很大程度在于个人意志。近百年来,中国文化被打碎得太厉害,我同意你提出来的文化与文明重建概念,甚至还觉得,这要成为我们往后几代人的理想才行。那种一日三餐吃着大米,却总在强调牛奶面包更有营养,还有开口闭口不离汉语,却将英语至上的现象,绝对不是正常的文化与文明的表现。

何言宏:是啊,我们中国文化和中华文明的现代性重建,现代以来一直在进行,而且也正如你所说的,应该是我们今后几代人的理想,也是我们的历史使命。我感兴趣的是,你对思想文化界的有关讨论是否有留意?或者并未有暇顾及,而是不自觉地以自己的写作暗合了这样的潮流?

刘醒龙:当然,我是有所了解,正因为了解,才会以文学的样式来表达个人情怀。我总觉得关于思想文化的讨论不能像"文化大革命"时不同造反组织互相贴大字报,也不能像时下的大学生辩论比赛,貌似讲理其实不过是在逗口舌之快。有个流传很广的段子,在钱的问题上,美国父亲会与孩子说,自己有多少钱,但这与孩子无关,孩子的钱只能是孩子自己挣的。中国父亲会对孩子说,这些钱自己生不带来死不带去,将来都是孩子的。分析中很是称道美国父亲的做法,却忘了在中国文化中,上孝敬父母,下养儿育女,是天经地义的道理,一个不知道光宗耀祖,不明了自己根在哪里的人是得不到社会尊重的。文化是一条大河,最不能割断的是其渊源。我们不可以,在讨论生态环境时,对在长江上修大坝深恶痛绝。在对思想文化进行讨论时,不仅不惜修筑大坝又分断源流,更恨不能凭空去挖一条人工河,自个儿去另起炉灶。

何言宏:所以《蟠虺》有很自觉的思想文化关切。记得在二十世纪八十年代，文学界与思想文化界，包括学术界，在精神上是相通的。当时的知识分子，当然包括文学知识分子，经常会共同面对时代性的思想文化问题，大家一起去探索、思考，甚至互相激烈地去辩论、论战，以至于会因此结下很深的恩怨，但我们的民族和我们的历史，就是在这种思考、探索和争论中不断地走向成熟，越来越进步。然而很可惜的是，这些年来，这种共同探索的情况非常罕见。也正是在这样的意义上，我非常看重《蟠虺》在文化与文明重建问题上与思想文化界的深切关联。前面说到《蟠虺》对于当代中国文学的意义，我以为这也是一个很重要的方面。

刘醒龙：在思想文化的激辩背后，还有最不能忽视的人格操守。很多时候，是需要说出诸如"我错了"一类的话语，就像小说中的曾本之那样，一旦承认自己有错，而使自身升华起来。相反，因为说不出这话，或者不想说出这话，不得借助思想文化之外的东西，这种人格的失败是很可怕的。

何言宏：而且我也注意到，《蟠虺》与你以往的小说一样，在文化精神和文化立场上，有很明确的"文化保守主义"色彩。一定得注意啊，我这"保守"可不是贬义。我的意思是说，你在文化方面，非常注重我们民族文化之中优秀传统的发掘、坚持与弘扬，就是你以前说过的"优根性"。我还在赶写着关于《蟠虺》的文章，前阵杂事总是太多，给耽搁了下来。其中，我会谈到回溯传统、发掘"优根性"的意义。我们这个民族，总还是有一些非常优秀的精神文化传统需要被继承，需要在今天作为我们的精神文化资源。我一直以为，你当年的"大别山"系列小说也是"寻根文学"中的重要作品，特别是在对楚文化的"寻根"方面。你在后来更有影响的是那些专注于历史与现实的作品，而很突出地表现出了"寻根"的悠远与深度的，就是《蟠虺》。《蟠虺》无疑也是关注现实的作品，但是在同时，它也关注了历史，关注了我们的近期历史，这一点我们尚不便展开。我以为它写蟠虺，并且以蟠虺为中心，是重新接续了你早期的追寻楚文化之根的精神路径，所以在你个人的创作道路上，《蟠虺》是你"集大成"性的作品，而且以它的思想艺术成就，足当此任，不知你本人怎么看？

刘醒龙：无论哪种"保守"，都不适合形容我，但我喜欢坚守！福克纳为什么说自己在写"邮票大小的故乡"，而不用其他方式表述？邮票虽然很小，却是见过世面和向着世界开放的。因为了解了世界，才能懂得坚守为何物。那些对世界毫无所知，硬将自己裹在长袍马褂里的人才叫保守。写作如四季，也如穿衣，一年四季，风花雪月各样景致不断轮回，山川大地却变不了。春夏秋冬来了，就得按时令穿衣戴帽，无论衣物如何变，包裹在里面的人却变不了。写作中的每个人、每篇作品，都会有所不同，这是正常的，一个人的写作，从年轻到年迈除非他一辈子只写一部作品，否则很难做到一成不变。变是创造，创作就是要变。《蟠虺》作为最新作品，看上去有大变化，但是骨子里的东西还在那里，过去现在将来我都在坚信，那些能让我们够格称为人的东西。

三

何言宏：《蟠虺》的主题，大家关注较多的还是在对知识分子人格追问和精神批判等方面。有的朋友已经就此作了充分的讨论。我想你在构思时，一定也有这方面的考虑，不知你具体是怎么想的？

刘醒龙：一个时代的知识分子人格也就是这个民族的人格，中国知识分子人格这些年被知识分子自身过分糟蹋了。并非知识分子就真的那么糟糕，而是将糟的方面太过夸大了。有时候我甚至异想天开，中国的知识精英是不是掉进他人设下的思想陷阱，真的以为中国文化必须依靠自我批判才有出路。一些在自己国家连混口饭吃都不容易的人，就因为敢于对中国当代文学开骂，马上成了中国各大学的座上宾。结果中国人的品格，无人欣赏，中国人不好的，全世界马上同仇敌忾。实际上，懂得并坚持葳蕤自守的知识分子在中国比比皆是。文化与文明的重建，首先必须是知识分子人格的重建。

何言宏：你这"思想陷阱"的说法非常好。但我觉得，你好像特别强调了来自异域的"陷阱"。那些来自异域的"思想陷阱"我们当然要警惕，我们这个民族，尤其是二十世纪以来，很多灾难与曲折确实可以从这个方面来寻找原因，并且做出深刻反思。这是一个大课题。但是在另一方面，我们民族自身，我们知识分子自身，是否也设置了很多陷阱呢？问题非常复杂。我们还是来谈《蟠虺》中的人物。首先就是曾本之。青铜器研究毕竟是个专业性非常强、而且人员规模也不会太大的领域，以小说中所写到的曾本之的独特身份，他的工作单位，他在青铜器研究方面的经历与贡献等等来看，这个人物似乎是有原型的，不知情况如何？

刘醒龙：小时候在乡下淘气，在小路上挖个小坑，搭几根树枝，蒙上一片桐子树叶，再在上面撒上土，然后躲在一旁，看谁经过时踩着这小小的陷阱。有时候等了半天也没人踩着。有没有陷阱是一回事，踩没踩着又是一回事。人家是不是真的在挖陷阱是一回事，我们有没有太把人家当回事而作茧自缚又是一回事。国内有些学术活动，硬要拉上一两个外国人参加，然后大言不惭地冠以"国际"之名，这就是自己给自己挖陷阱了。《蟠虺》中的曾本之，也曾给自己挖过一座陷阱，最终凭借人格力量自行跳将出来。作为小说人物，"曾本之"的来源有很多，在从事楚学研究的专家中，有几位极具人格力量的。更多的却是因为"逆向""反转"等方式形成的，如"烟草院士""瘦肉精教授"等。这种正本清源的过程，在写作中显得格外有意思，时常使人产生一种"还原"的感觉，觉得做人原来要这样，只有这样做人才不失为真正的人。

何言宏：另外还有其他人物呢？比如研究漆器与丝绸的马跃之、郑雄，还有青铜大盗何向东、华姐等等。"对号入座"虽然是一种非常拙劣甚至显得很无知的文学阅读方法，有时也会惹来麻烦，大家都不方便说，但是说实话，很多小说出来，大家也都会从这方面想，特别是在私下里，古今皆然，莫不如此。可否再说说？

刘醒龙：那就说一点点吧，也好让大家多点谈资，比如小说中，郑雄恭维新上任的省长是"二十一世纪的楚庄王"，就是从某"文化名人"的类似吹捧变化过来的。说实话，我有点佩服此君，能将阿谀奉承表现得如此有文化含量的，同样需要这方面的天分。只差那么一点点，就赶得上那位将瞎了一只眼、瘸了一条腿的国王，画成翘着一条腿、眯着一只眼，举枪打猎模样的画家。其余的事，既然反复写"国之重器"，人家要往家国方面去想，也是很正常的。

何言宏：不仅是《蟠虺》，你以往的创作也都体现出对知识分子所寄寓的厚望。只是《蟠虺》对这种厚望的体现非常突出，也很有自己的特点。你认为我们这个民族的精神重建，我们文化与文明的重建，首先得需要是知识分子人格的重建，何以会这么认为呢？

刘醒龙：知识分子应当以启蒙为责任，还应当以精神承担为责任。没有健全人格的知识分子是无法实现这些担当的。

何言宏：一直很遗憾没看过曾侯乙尊盘的实物，我手中的几部艺术史著作中，有曾侯乙尊盘及透宽蟠虺纹饰的图片，网上也能查到，果真很繁复，繁复无比。我觉得《蟠虺》的叙事，很有趣的很像是曾侯乙尊盘这件青铜器本身，既有宏大的构思、厚重的体量，也有繁复的结构和精彩绝伦的细部。我以为以目前的结构来叙述关于曾侯乙尊盘的故事，似乎是一种近乎完美的不二选择，这些方面，一定都特意考虑过吧？

刘醒龙：因为《蟠虺》，前不久，湖北省博物馆专门授予我"荣誉馆员"称号，并邀请我随同他们一道，于5月份去台南市访问。台南市有家"中国科技博物馆"，双方商定，曾侯乙尊盘将在那里展出一个月。因为曾侯乙尊盘太珍贵了，必须上报国务院批准才能挪动。前两天，博物馆方面告诉我，国务院正式批复下来了，却是不准。曾侯乙尊盘是天下唯一的。曾侯乙尊盘展览地武汉和曾侯乙尊盘出土地随州及成都等地，都有所谓成功的复制品展销，这只是不良商家偷天换日唯利是图丑行的又一表现。没看到曾侯乙尊盘不要紧，要紧的是不把那些连赝品都说不上的仿制不成落下的垃圾渣滓，与唯一在湖北省博物馆曾侯乙馆保护展出的孤品混淆。对《蟠虺》的叙事文本的解读，同样如此，不能真的像营销策略那样，与《达·芬奇密码》混为一谈。借青铜重器来写家国尊严，只有在中国才做得到深入人心。中国之外，青铜也曾大行其道，却没有与家国兴亡产生必然关联，更无将青铜作为国之重器的大政方针。大国复兴，民众福音，必然是文化正脉的强势，必然是学界正宗的尊崇。以正脉来运通正宗，以正宗强化正脉。以这两点来判断，小说目前的结构是唯一的，当然，小说写成，好与不好都这样了，所以，对这部小说目前的样式自然是最好的。

何言宏："借青铜重器来写家国尊严"，这个说法特别好，或者也可以理解为是以青铜重器一般的叙事来书写家国尊严。这一叙事最基本的层面，就是贯穿作品始终的曾侯乙尊盘的铸造方法和它的真伪，可以将这方面的叙事看成是尊盘的底盘部分，就是水盘吧？而同样是贯穿作品始终的曾本之、马跃之、郑雄、郝嘉、郝文章等知识分子之间的精神性格与复杂关系，则可以看成是尊盘的酒尊部分，其他一些相对次要的人物故事，就是在尊盘间穿凿勾连的构件了。这样的说法有点像比附了，但是认真去想想，似乎都差不多的，你以为呢？

刘醒龙：言宏兄想象力太好了，也可以写小说了，是有此种意味。小说大的结构确实可以如此看待。就像天地间自然天成的山水景观，基本样式不会太多，在此之上的美轮美奂的各种奇妙却是推陈出新从无重复。《蟠虺》中构造成尊盘上那些不计其数的天下无双的透空蟠虺纹饰的是那些独一无二的细节。没有细节的小说，就像没有喜怒哀乐、没有体温、没有心律、没有思路的人。如果没有透空蟠虺纹饰的尊盘，会成为青铜世界的行尸走肉。

何言宏：阅读《蟠虺》，很需要耐心。前前后后，我一共读了总有五六遍吧，每次阅读，我都要花上几天时间，而且还是排除干扰的比较完整的几天时间。《蟠虺》叙事绵实，其间氤氲蒸腾着一股大气，这是一种我非常推崇和喜欢的正大气象。我读作品，甚至读一些学术著作，都不喜欢那些过于机巧的文本。处人也是。我喜欢那些似显笨拙，但是却有正大气象的人与文。《蟠虺》在我读来，也有点"笨拙"，但正是这"笨拙"，才使它有了重量。不知道在创作时，有没有这种气场营造方面的考虑？

刘醒龙：我这人好冲动，情绪起来了说起话来往往就会表现出别人所说的不晓得轻重。这时候的轻与重，要害是重，轻只是对这种重的帮衬。所以不晓得轻重的意思实际上是说了伤人的重话，也是"笨拙"的一种。因为秉性缘故，我一向喜欢"笨拙"的作品，比如二十世纪八十年代的《高山下的花环》、以及九十年代的《白鹿原》和《马桥词典》。我的作品，从中篇小说《凤凰琴》《分享艰难》《大树还小》，到长篇小说《圣天门口》《天行者》，笨拙是一种常态。

何言宏：我随读随记，《蟠虺》中的悬念竟有十好几种，比如作品一开头曾本之收到的神秘来信、尊盘的真伪和铸造方法、郝嘉的死因、郝文章的获罪、华姐与老三口的命运、老省长之所为、熊达世的来历，等等，都是令人关切的悬念，悬念之设置与密集，在我的阅读经验中非常少见，这也可以看出你对通俗小说的有效借鉴，很想知道你这方面的思考。

刘醒龙：悬念不是通俗小说的专利，相反，好的小说总是极为成功地运用着悬念这一技巧。《红楼梦》对"玉"的描写，《天行者》中乡村教师转正机会的得而复失，都是最为常见的悬念设置。当代小说之所以正在冒着失去读者的危险，很重要的问题是一本书拿在手里，很难让读者尽可能多一些时间来保持住阅读的兴趣。《蟠虺》出版后，曾被媒体说成是中国的《达·芬奇密码》。因为我没看过这部作品，曾有记者在采访时吃惊地尖叫，说你怎么可以不看《达·芬奇密码》？前几天，晚餐前后，正好有电视台播放电影《达·芬奇密码》，我端着碗，老老实实地坐在沙发上将其看了一遍。我不知道电影与小说原作差距有多大，就电影来看，肯定是好莱坞商业的成功典范，但这种样子的小说肯定成不了文学经典。小说的通俗与否是其品质而非叙事技巧。悬念是小说叙事的常识，对那些披着学术外衣质疑常识的现代艺术观，我保留质疑的权利。

何言宏：哈哈，端着碗，老老实实地坐在沙发上……这情景……我也没有看过《达·芬奇密码》，所以对媒体上的这一说法，我也很茫然。但我们的很多文学观念确实是需要检讨的。长期以来，我们的小说、诗歌、甚至我们的文学批评与文学研究都一味地追求所谓的高深，排斥最基本的可读性，反而把很多珍贵东西放弃了，问题很大，很需要进行系统性的反思。

"让我独自一人面对这苍穹……"

何言宏：尔客兄好！咱们以前谈过很多话题，诗歌方面，虽也曾涉及，但却从未很认真地讨论。如今我离开南京，客居上海了，却又因了《芳草》杂志"汉语诗歌双年十佳"的评选工作，得有机缘很集中地谈谈，真是很高兴的。老兄从少年时代就热爱文学，在你纪念母亲的长诗《母亲的牙齿》中，还曾经写到这方面的情况，能否详细谈谈你的文学道路？

张尔客：我现在的业余生活主要是研究和学习书法，人老了，书法比写作养生。言宏兄给我对话，一下子把我拉到了文学，猛然间还有些不适应。就好像一个在外面游荡的人，突然回到自己住了多年的老房子里，有些激动，也有些惶惑。

小时候我就是一个耽于想象的人，对于文学是一种自然的喜欢。一直至今，我都是一个独立的个体，游移在文学圈的边缘，一个人按自己的喜好去读书，一个人按自己的想法去写作，过着文学个体户的生活。现在想想，确实是一种遗憾。身边有那么多像你这样在写作和评论上卓有建树的"哥们"，居然没有执经叩问，互相交流，也因此失去了使自己在文学事业上再提高的机遇。其实原因很简单，就是我真的不好意思。大家看着我在社会上走动不已，好像很外向，其实骨子里我是个很羞涩的人，怯于与人交往，特别是与人谈文学。以致至今，每当诗友们聚会朗诵诗歌，我就要起身逃避，面对文学，因其神圣，我便更加的惶恐和怯懦。我不是一个能够利用文学张扬自己的人，我只是静静的文学追随者和文坛旁观者。

我自觉于文学创作是1981年，那时候在徐州乡下上高中，被王蒙的意识流小说所吸引，在高考后的暑假写过几个短篇小说。现在还记得的是，一篇是《看守果林的孩子》，写的是我在大沙河果园的外婆家看守苹果林时的小感觉。还有一篇《小草日记》，写一个高考落榜生面对天空的游思。居然有刊物要用，要求我将简历寄去。因为当时家里母亲不同意我写作，便将回信由镇上的文化站代收。正好我已到了南京上学，信被人代收后交给母亲，母亲不让告诉我，那人便将他的名字加上后给刊物回了信。编辑觉得奇怪，便又写信追问，此信当然被那位仁兄截留了，也不敢再回信，此事也就不了了之。几年后我才知道这件事情。现在想想，当时文学大热，如果1981年我便发表了小说，或许就会以一种近乎专业的状态在文学之路上走下去了。不知幸也不幸？也是这个时候，我才读到楚图南翻译的惠特曼的《草叶集》，颠覆了我过去从郭沫若、艾青、郭小川和朦胧诗人那里得到的诗歌感觉，宛若醍醐灌顶。我觉得惠特曼那种文风特别适合于当时的我。当然，后来受西方现代派和后现代派的影响，尤其是现实生活的教谕，我的诗风从阳光而灰暗，从高昂而深沉，那也是没有办法的事情了。现在总结，我觉得我有两个启蒙导师：小说是王蒙，诗歌是惠特曼。虽然我在文学之路上独自前行，但我也算是有师承的人。

如果再说之后促动我对文学继续有所追求的老师，至少有这样四个人。一个是谢冕老师。应该是2000年，我带着一叠诗歌去他家里求教，谈了半个多小时后就去北京的半坡酒吧与张颐武、李敬泽、陈染等喝酒。没有想到老人家在去香港讲学的时候为我的没有成型的诗集写了一篇很长的序言，这使我对于自己的诗歌有了信心和勇气。后来便一直没有见到谢冕老师。去年洛夫先生来宁，说好他也一起来的，后来因事未果，总是感到歉疚和遗憾。第二个是王干。二十世纪九十年代因为在《钟山》发表小说与他认识，之后他将我的几篇短小说在《文学世界》弄了个"张剑作品小辑"，还写了长篇评论。那时候的小说应该受了不少博尔赫斯的影响，短小，而且多是诗歌的语言。其中《一张带字的纸》被《小说选刊》选载，他老兄多次表示没有推荐，选载后才知道，以示对我的肯定。"非典"时期他到南京找我组稿，说已经报了选题，写一篇关于"非典"时期的长篇小说，要我一个月交稿。我当时主要就是写些中短篇，第一部长篇《纯然之色》还在断续的写作中。而且刚刚主持省物资集团的工作，事务很多。但他就是对我表达了信任，说，人民文学出版社在这么多作家中选择了我是我的荣幸。我只好勉力而为，每天晚上写四五千字传给责任编辑脚印女士。写到十万字就打退堂鼓了。过去我的写作任由性情，现在头上顶着个任务，才知道长篇小说的写作不仅仅需要智力，还需要体力。他又赶到南京相催，并一起研究后面的写作方案。最终我们共同完成了人文社历史上的"奇迹"，一个业余作家在一个多月的时间里写了二十万字的长篇并迅速出版之，同时又在《中华文学选刊》全文推介，还召开了作品研讨会。这部长篇得到了全国许多著名作家和评论家的认可，使我俨然成了一个真正的作家也。也就是这个时候我有了"张尔客"这个笔名。谢冕老师见到王干，还开玩笑说，张剑变成张尔客了。第三个是田瑛大师。自我们一见如故之后，他每年都要求我给《花城》提供稿件，要么是中篇，要么是长诗。《十三月》和《母亲的牙齿》都发表在《花城》。第四个是贾梦玮，《钟山》主编。他的约稿是斩钉截铁式的，好像我欠了债，最近的一部长篇小说《欲望的边缘》和长诗《时间与花朵》因此才成型发表。我还要感谢若干像他们这样的老师，王明韵、子川、胡弦、何言宏、黄小初、马铃薯兄弟、黄梵、丁捷等等，是他们督导着我在文学道路上继续走下去。

我是一个幸运的人，在文学创作上的天赋并不是怎么高，但是得到了若干老师的鼓励和促动，可以这么说，如果没有他们，我可能早已远离了文学。现在我在诗歌和小说上沉浸三十余年，在五十之后还在写诗，感谢他们，感谢所有因为文学与我结缘的朋友，当然我还应该感谢生活，是生活使我总是有感可发，有情可抒，有些郁闷试图舒解。

何言宏：这次集中阅读老兄的诗歌，很有感触。你知道我们搞批评或者搞研究的，都会有一个毛病，就是习惯于将一个作家或一个诗人在文学史或文学格局中来考量与定位，我这么一想，发现老兄很独特，好像很难归类。我很喜欢这样的写作。很多年来，文学潮流此起彼伏，有意无意地，很多作家和诗人都是在潮流中涌现出来，但在潮流之外，也有很多实力派的优秀作家，这方面我在其他地方也曾谈到过，我笑称他们是"独狼"，我觉得你也是这样的。所以我从你的长诗《辽阔的寂寞》中，读到"让我独自一人面对这苍穹，我有这种向往和力量"时，特别会心，便径以它做了标题。

张尔客：我喜欢"独狼"这样的称谓，喜欢那种独自面对苍穹的感觉。我是一个在世俗中很忙碌的人，也是一个一直渴望安静甚至是寂静的人，再往深处说，我甚至渴望那种孤独，深入骨髓的孤独。有时候在人群中间，我也会突然泛起那种久违而甜蜜的孤独感。很长时间，它像我的老邻居，常闻其声，却不相往来，这便有了另一种酸楚的落寞。写诗的人好像特别喜欢结成团伙，举起旗帜之后会产生影响，然后弄些内讧和绯闻。诗歌确实需要团队的力量，特别是一种主张或者愿望得到共同的认同。许多杰出的诗人都是这样被团队的声势和个人的才华裹携着成名并进入文学史。可是我们也看到，那么喜欢喝酒交友的李白，并没有和素有往来的杜甫、贺知章等组成一个流派，印刷工惠特曼不但没有结成团队，而且被人嘲笑，银行家史蒂文斯在诗歌创作上是一代大师，他的同事却很少知道他在写诗。其实诗歌本质上是一件很自我的工作，至少是在创作的时候，你需要面对的不是诗友们，而是你自己。

我确信我的文字不会长存，我不会像我生活中的邻居苏童那样会被文学史记录，顶多是有人在撰写"非典"时期的文学史片断时，会写到我所创作的《非鸟》（我相信它是有关"非典"的小说中最优秀的作品之一）。我的诗歌几乎都是自娱自乐的东西，或者是自我发泄的东西，或者是自我想象的东西，总之，写出来了，也就写出来了，我没有太多写作的任务和负担。我总是一个人在写作，坚持做我自己，按我喜欢的方式写我自己喜欢写的东西。所以我的写作是非常纯粹的写作，没有任何功利。可以这么说，走向文学是因为我喜欢，坚持至今还是因为我喜欢。文学不是我的负累，甚至不是我的追求，它已经成为我日常生活的一部分，而且是最重要的、最真实的一部分。或许可能是我一生最终能够坚守的一部分。想一想，等我退休了，还能有文字相伴，这就足够让我感觉到温暖了。所以在工作与写作之间，它没有一个过渡或者交集。有时候我想，在这个世界上，有一个工作的我，一个写作的我，一个叫张剑，一个叫张尔客，他们只是兄弟，而不是同一个人。在一个人的身体里住着两个人而已。我现在训练得能够很快从张剑成为张尔客，即使在办公室，我也能够抬起头来工作，埋下头去写作。他们唯一的冲突就是时间。所以说我这种意识，使我以你所谓的"独狼"的方式若隐若现于文学世界，我喜欢你这种称谓，并将继续下去。

何言宏：《辽阔的寂寞》中还有一句诗，我也很喜欢——"钟磬传送沧桑，我在沧桑中行走"——也差一点以它来做标题，但我觉得这又太有沧桑感了。我觉得你的诗歌，不光只是有沧桑感，还有力度、有豪情。你生长在江苏徐州的丰县——以前那是属于山东吧？——在南京生活了那么多年，北方的性格丝毫未变，这也在很大程度上影响了你的诗风，是不是这样？

张尔客：确如何兄所言。一个人小时候所处的环境，所受的教育，会贯彻于他的一生之中，无论言行，还是文风诗风。这是遗传法则，谁都没有办法。我不到十八岁就在南京生活了，但我骨子里是北方人的性格,所以我还是以北方人的思维去生活去写诗。丰县在二十世纪五十年代还属于山东,现在是江苏的"西伯利亚",四省接壤之地,是刘邦的故乡,真正的汉韵流传之源。在刘邦的汉代,丰县话就是普通话。我这个人北人南相,许多不认识我的人以为我是上海人或者苏南人。刚刚认识我的人以为我是个很文雅的人,再接触下来又会很惊讶。像你这样对我熟悉的朋友,才知道我真正的面容,原来是那么一个貌似文气其实匪气的家伙。所以我有时候在组织的民主生活会上,会检讨自己:徐州人脾气,文化人性格,哥们儿义气太重,有时候不能够坚持原则。这种性格得罪了一些坏人,但也得到了许多好人的认同。所以我在现实生活中碰过了不少壁。幸好有请我吃饭宽心的江苏省内的一批著名作家,我记得有张王飞、黄蓓佳、苏童、褚福金等老师。更有一批群众的支持和领导的呵护。我感恩这些人。在与现实生活的对峙中,我感谢文学。是文学使我坚忍而从容。所以我的诗歌有些沧桑感,也是其来有自。

何言宏:你的诗歌有两大类:一是抒情短诗,一是长诗。当然这是从诗体上来划分的,如果从题材啊、主题啊等方面来看,还可以作另外的分类。我们先谈抒情短诗。《城市里的兄弟》这首诗,我非常喜欢。

张尔客:谢谢!2005 年,在一次聚会时听到《上海文学》有一个全国诗歌大赛,回家到网上一查,主题是"城市和人",只有几天就要截稿了,便抱着电脑直接写,写成了这样一首诗,第二天改了改就寄出去了。后来居然成了两个头奖中的一个。从表面上看这是个即兴创作的作品，其实是我对于城市的那种复杂情感的抒发。内容早就在那里了。类似的诗作还有《诗歌月报》关于煤矿的华人诗歌大赛，也是快要到期了才偶尔知道。我所在的徐州，是江苏主要的产煤地，过去的邻居也有在煤矿工作的，所以我也是很自然地写了一首《我来到矿工兄弟中间》，得了特等奖。诗是人写的，人是社会人，无论你怎样高蹈飘逸，还是要落脚在地上，要生根。诗终究还是要写自己的生活感受，只是技法不同，表现形态不同。其实我对于现代派诗歌有过多年认真研究，甚至我的写作方法一直坚持也是自觉运用超现实主义的信笔直书法，就是长篇小说我也不是先去构思，而是想到哪里就写到哪里，任由笔随意去。我觉得这种写法很自然，很顺手，适合于我。这种即兴书写已经进入我有关文字的全部活动之中。就是在工作上，我的所谓工作报告和会议讲话也都是这样写出来的，而且基本上在结构上没有大的变化，只是文字上进行修改而已。

何言宏：这些年来，你是诗歌界较早地进行长诗写作，并且一直在坚持的诗人。人们往往会把长诗作为检验一个诗人写作实力的一个标志，虽然我并不一定完全同意这样的观点，但也不得不承认这有一定的道理。你的长诗写作，真是很综合地体现了你的实力，还有技艺。你的长诗《十三月》《辽阔的寂寞》《母亲的牙齿》和《时间与花朵》等，诗歌的主题、体制和抒情方式都很不同，但都极为饱满，有力，特别是《时间与花朵》，非常有新意。为什么喜欢长诗这种方式？

张尔客：恰好我一直喜欢或者阶段性喜欢的诗人大多写过长

诗，并且在他们的诗作中最喜欢的又是他们写的长诗。如惠特曼的《草叶集》、艾略特的《荒原》、庞德的《诗章》、帕斯的《太阳石》、聂鲁达的《诗歌总集》、金斯伯格的《嚎叫》和《卡迪什》、埃里蒂斯的《英雄挽歌》和《理所当然》、佩斯的《远征》和《航标》、洛夫的《石室之死亡》和《漂木》，等等。同时，我觉得长诗才可以容纳我其时想表达的东西。

正如言宏兄所言，这几首长诗，体制和方式不尽相同。你这种提问也使我回顾了这几首诗当时的写法。

我说过我写诗没有构思，当然不去先期构思，并不是在写作过程中不去掌握和调整。你在潜意识里总得有个度，有个方向，有个范畴。就是说即使信马由缰，还是要有个跑的区域，不能满世界乱跑。这可以叫作修正的超现实主义。像《十三月》《辽阔的寂寞》等片断式的长诗，开始我并不知道自己是写长诗。是因为开始有了诗的感觉，写着写着写长了，就是长诗了，理论上可以无限地长下去。只是我写到某个阶段，诗的气断了，接不上了，就赶快打个结，到此为止。所以如果这样写长诗，只要有感可发，围绕一个主题或者一种感觉，简单地线性式或者复杂的散发式的一直写下去，并不是难事。所以长诗并不是太玄虚的东西，只是被诗人自己弄神秘了。就像最近我在弄书法，也研究了不少书家的书论，他们把书法弄得太玄乎了，这样就让人觉得高深的不得了。我想许多好不容易写了长诗的诗人这么去说，也或许是这种思维。所以我同意你不太认同长诗就代表诗人写作实力的说法。不能说因为你是长跑队员就瞧不起短跑高手。相反，写短诗，几句话弄出意境或哲理来，更不容易。

另一种形式的长诗，比如关于我的母亲所作的《母亲的牙齿》，这是泣血之诗，写起来心疼，有时候写不下去，开始写的时候我当然知道在内容上是关于母亲的诗，在制式上应该是长诗，短诗包容不了我的感情。写这种诗就和写前面的长诗感觉完全不同，回忆和痛悔交织，是片断，也是延续，是纪实，也是想象。现在我的父亲也病故了，但我不敢再去写这类长诗，这会使我的情感和身体不堪其重。

《时间与花朵》是第三种形式的长诗，一种复调诗歌。我可以把我写这首长诗的过程解构一下。本来就是个简单的诗歌游戏，偶尔在电脑上看到了"花语"，进去看时觉得有意趣，便将想象用在每一朵花的花语上，随意地改写、发挥、扭曲、延展。后来写到一半，突然想到既然每天都有一朵代表的花朵，便加上了时间的概念，进行段落化。因为看这个资料时正好是3月的花语，就从3月开始，这样好像别人认为我没有从1月开始写，有些创意呢。怎么将时间与花朵结合呢？也是很偶然地脑子里冒出了院落中看花的意象，就有了地点，其他的地点也就随意选择，任由它去与时间和花媾和。这样继续写着总觉得有些没有着落，没有落地感，就又自然地加上了最后一段有些哲理的感觉和语言。就这样一首长诗完成了，有时间地点，三段复式。之后就是修改，才发现原来每个月的花语中的花有不少重复的花名，就将它们对比后删除，本来每个月的每一天都对应一朵花的，这样一摆弄，就没有对应起来。有一次诗人聚会，有人大声得意地念自己的诗，我很怕念诗，特别是自己的诗，但那时有了酒意，又不服气，就在手机的信箱上找到这首诗，念了两段，正好梦玮主编在场，要求我马上转给他，就给他在今年的《钟山》第一期发表了。

何言宏：从资源上看，你的诗歌受到的影响……

张尔客：前面在谈论长诗时我说了一些，从惠特曼开始，已经有了一堆名单。在气质和内容上我喜欢惠特曼，在写作的方式上，我对布勒东最感兴趣。可以这么说，惠特曼和布勒东是我长期的诗歌资源。无论怎样，我的诗歌还是在惠特曼的光照之下，同时又是在超现实主义的阴影之中。我曾经在超现实主义的谱系中一路追索。仅就此流派及其衍生的诗人中，受到我重视和追慕的就有不少诗人。按照我的写作阶段，可以这么厘分：从二十世纪八十年代开始，我到处去搜寻布勒东的诗和小说，以及与他同时的法国超现实主义的诗人，如阿拉贡、艾吕雅。包括达利，达利不仅是超现实主义画家，他写的《达利的秘密生活》也很得超现实主义的精髓。帕斯和聂鲁达，那里面有历史和阳光下的超现实主义想象力。"垮掉的一代"金斯伯格和凯鲁亚克，他们的诗歌有种冲击世界和自我的力度。美国新超现实主义，在他们中间，我对于默温和斯特兰德更为神往，而勃莱、斯耐德等的感觉一般。在追求真实地进入自身感觉中，我旁及到自白派诗歌，喜欢他们的直接，又害怕因此得了精神病，有段时间很是纠结。2005年，我曾经试图每天写诗，当时想将阿什贝利、奥哈拉等纽约派诗人的手法和自白派的内容结合起来。之后，我学习佩斯和埃里蒂斯，我感觉到他们是惠特曼和超现实主义的绝妙结合。对于这些诗人和流派，我既看诗歌又读文论，几乎搜遍全国所有可能的出版物。这是讲纵向的阅读，就某一流派或诗人的跟踪阅读。还有横向的阅读。很长时间里我几乎是疯狂读诗，其他流派的诗人也多有涉猎和效仿。歌德、雪莱、叶芝、阿波里奈、威廉斯那些前辈对于我有开启诗智和锤炼文字的效用，一段时间我会沉浸在特朗斯特罗姆的世界里，另一个时段我对巴列霍入迷，我在许多诗人的作品中发现了我可以偷偷采撷的果实，我咬嚼它们，品味它们，试图使之进入我的诗歌营养。我以从若干先贤们的著作中所悟得的写作技法，运用自己的语言方式，解读我的生活，关照我的心灵，并试图形成个人独特的诗歌面貌。

何言宏：大家知道，除了诗歌，你还写小说，可否说说这方面的情况？

张尔客：我的小说创作比诗歌还要早，而且发表的数量也多些，发表的刊物也较为广泛。但我觉得我主要还是个诗人，或者说我是以诗人的笔法去写小说。这样在小说上我的语言是过了关并且有原创性的，但是我并不是一个很会说故事的人。我清醒地认为，我不能成为一流的小说家，但可能是二流小说家的前半部分。我的中短篇小说大多集中发表在《花城》《钟山》《当代》《文学世界》《中华文学选刊》《小说选刊》和其他一些省级文学杂志上。长篇小说除了人民文学出版社出版的《非鸟》，还有《纯然之色》《听老鼠唱歌》《欲望的边界》。很多文学中人当别人介绍我是张剑时很客气，再介绍我是张尔客时就恍然中引为同道了。——这是我的光荣。我因此有种与文学朋友为伍、共同做了些神秘事件的感觉。现在我已经远离了小说，特别是长篇小说，连订阅的《小说选刊》都很少去翻了。我与小说几近于绝缘。其中的原因，一是因为我俗务太忙，没有精力去写；二是因为眼睛花了，没有勇气去写；三是因为兴趣转移，有点时间就读帖临帖摆弄书法，偶尔写点小诗。还有一个重要原因，刚才正好范小青打电话来，半真半假地埋怨我不和她当邻居了，去和苏童做了邻居。你想想，与他们这些小说家当邻居，再写小说，心理上也有压力。所以我就选他们的相对弱项，书法和诗歌，以求心理上的平衡。这倒也不算是假话吧。我现在的状态是，以诗歌为纽带，继续自己与文学的姻缘，保证不"离婚"，继续过日子，并且争取天长地久，越来越好。

玉女山庄

——旅途札记之一

万没想到在江南,还会有这样一处所在。

四月二十八和二十九日,我们一行来到了被认为是太湖的一个重要源头的宜兴市湖㳇,漫游竹海,品茶阳羡,探奇张公洞,寻访古山庄,度过了非常愉快的两天。

好多年前,应该是在 1982 或 1983 年间,当时我还在常州求学,好像也是在这样的季节,我和几个朋友一起来宜兴,主要游玩了张公洞、善卷洞和灵谷洞等。印象最深的,一是善卷洞附近的祝英台读书处等历史遗迹,因为联系着美妙无比的梁祝故事,让当时的本人好一番对爱情的想象;其二就是据说汉天师张道陵曾经修炼传道的张公洞,特别是它宫殿般宏大的海王厅,它的气势恢宏,即使是在我后来探访过的很多岩洞中,也都非常少见,令人震撼。很多年没去宜兴,关于它的记忆和想象,除了著名的紫砂壶,就是它的岩洞了。但这次旅游,却在很大程度上修改了我固定的印象——阳羡贡茶、浩瀚竹海,还有著名的玉女山庄,一定会同样深刻地进入我对宜兴的记忆,特别是那里的玉女山庄。

据《湖㳇镇志》载,玉女山庄位于湖㳇镇阳泉村的莲子山上,"是具有悠久历史的风景名胜。相传天庭玉女曾在此修炼,故而得名。汉张良与其师黄石公曾在此垂钓,至今潭边仍留有'汉宾侯渔处'刻石。魏晋南北朝时已游人不断。唐代时已成为江南游览胜地之一",明清以还,更有著名画家沈周、文徵明、唐伯虎和仇英等人在此常住,文人雅士,每有流连。

二十九日上午,我们结束了对阳羡茶文化博物馆的参观后,大概是在十点钟左右,一起乘车,来到了玉女山庄。关于玉女山庄的景胜,我实在是笔力有限而难以绘写。同行的我的老师丁帆教授、王彬彬教授,还有梦玮、向黎、晓枫等朋友也是一路叫好,兴致勃勃,不时会有发自内心的赞叹。我想他们都游历甚广,阅景无数,所以对自己在游程中的兴致与会心,便很自然地深以为有理,乐于其中了。

玉女山庄最著名的,就是它的玉女潭。关于玉女潭,明文徵明的《玉潭仙居记》曾经有着详细的书写——"潭在半山深谷中,渟膏湛碧,莹洁如玉;三面石壁,下插深渊;石梁亘其上,如楣而偃。草树蒙幂中,流黑不可测。石上微窍,日正中,流影穿漏,下射潭心,光景澄澈。俯而挹之,心凝神释,寂然忘去"。玉女潭边,这种"心凝神释,寂然忘去"的心情我还真是很切实地感受过。人生劳烦,能有片刻这样的心情,倒真是一种难得的幸福。不过在走出了山庄,以及在回程的路上,一直到现在,我对玉女山庄最深的印象,倒又不是这个深潭,而是它在总体上的氛围。

由于穿越了数千年的历史沧桑,后来又几经毁弃,还未来得及彻底地修复,整个的玉女山庄弥漫着荒废的气息。旧和荒废和败落,和在近年时有颓唐的我真的是非常相契。流连其中,高古的巨树，荒野的灌木，还有那枯瘦嶙峋的怪石，真的是深合吾心，回来以后经常会想起。但是在同时，经常会使我想起的，除了这些荒废的一切，还有山庄里的另一片景观，这便是其中漫山遍野的竹笋。记得在当时，当我们钻出深邃隙狭的"石峡洞"后，猛然看到了一片竹林，看到了竹林之中遍野林立的竹笋。仿佛是互有约定，这些竹笋大都已不是刚探出地面般的胆怯与稚嫩，而是都在一米高以上，像是一群充满警觉的战士，有坚甲，有守持，向着自己可能的高度，昂然直立，指向天空。我不知道自己在想起湖父之行时为什么会更多地想起这片竹笋，会念想它们现在的模样，也许在心底里，我到底还是不甘于颓唐，不甘于在劳碌的人世变得虚无。我希望这片竹笋，这些在我的念想之中已经越来越亲切、并且一定已经成长为高大正直的巨竹的我的朋友，能够帮助我，帮助我击退我在内心中时常会泛起的虚无，并以我们正直和坚韧的践行，让我们自己、和我们所宿命般的处身的所在越来越清朗、越来越严正。在这样的意义上，湖父之行，对于我来说，倒真是成了一次非常必要和非常难得的精神之旅。

玉女山庄